光文社文庫

チヨ子

宮部みゆき

光　文　社

目次

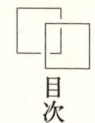

雪娘

特に感傷にかられたわけではなかった。懐かしさを感じたわけでもなかった。会いたい顔を思い浮かべたわけでもなかった。何のイベントも起こらない週末を迎えてはやり過ごすことを、うんざりするほど長いあいだ繰り返していたから、何処《どこ》でもいい、出かけるあてができるならどんな集まりでもいいと、思っただけのことだった。

留守番電話に吹き込まれていたメッセージは、ひどく騒がしい場所からかけている上に、騒音に負けまいと声を張りあげるせいで、おそろしく聞き取りにくかった。それでもすぐに、相手が名乗る前から、わたしにはそれがヤスシ——山埜靖《やまのやすし》だとわかった。せっかちなしゃべり方が、子供のころとまったく変わっていなかったから。

「えー、前田ゆかりさんですよね、電話番号、間違ってないよな？　この番号は、マサコから教えてもらったんだけどさ、ア、宇部真子《うべまさこ》ね。今じゃあいつも〝まーこセンセイ〟だけどよ、ナニやってんだかわかったもんじゃないけどさ」

メッセージのバックに、人の笑い声や歓声が入り込む。どうやら酒場のようだった。

「まーこからも聞いたと思うけど、俺らの真辺《まなべ》小学校が統廃合とかで廃校になることになって、で、校舎が壊されちまう前に、ナンの因果か六年間ずうっと一緒だった俺たち四人で、ちょっと集まるっていうか一杯やるっていうか、そういうのはどうかと思ってさ、俺の店で」

俺の店でというところが、抜け目なく強調されていた。では、この騒々しい電話も、「俺の店」からかけているのだろうか。ヤスシの実家は蕎麦屋だったはずだと、わたしはぼんやり思い出した。

「詳しいことは、まーこから電話がいくと思うんで、よろしく！　久しぶりだからさ、楽しみにしてるからよ、ンじゃな」

メッセージが終わると、合成音声が続いた。

「メッセージ、イチ、イチガツハツカ、ゴゴ九ジ二〇プン」

部屋のなかは冷え切っていた。壁の時計に組み込まれた室温計は、摂氏四度を示している。残業から帰り、留守番電話のランプが点滅していることに気づくと、コートもとらず、暖房も点けないうちに再生してみた――真冬の金曜日だった。

「メッセージヲ、サイセイシマシタ」

ピーという音が響いて、消えた。録音されていたのは、ヤスシからの伝言だけだった。

小一時間ほどして、電話が鳴った。今度は真子からだった。

「あ、よかった、帰ってた」と、いつものように陽気な声で言った。「夕方から何度かかけてみたんだけど、留守だったから。金曜日だもんね」

「残業だったのよ」

わたしは九時過ぎにヤスシから電話が入っていたことを話した。

「ごめんね、勝手に電話番号教えたりして。あいつ、すごくしつこかったもんだから」

「かまわないわよ。そのうち休止にしちゃう電話だから」

携帯電話があれば充分なのだ。基本料金だってバカにはならない。二人そろって耳の遠い実家の両親が、通話状態のよくない携帯電話を嫌うので、仕方なしに活かしておいただけの有線電話だ。だから、めったに留守番電話のメッセージランプが点滅していなくても、本気で気に病んだことはない。本当にわたしに用がある人は、みんな携帯電話にかけてくる。みんな、みんな。

「マエちゃん、どう？　四人で集まるなんて、気が進まない？」

真子は子供のころと同じように、わたしを〝マエちゃん〟と呼ぶ。そのたびに、断続的ではあるが長々と続いてきたわたしたちの友達付き合いのなかで、その呼称を見直す機会が一度も訪れなかったことを、わたしは思い出す。未だに親の姓を名乗っている。真子のような〝センセイ〟にはならなかった。誰かのお母さんにもならなかった。どこかの管理職にもならなかった。自前の名刺も、仕事場も持たなかった。

俺の店。誇らしげなヤスシの口調が耳に残る。俺の店で一杯やらないか？　かけ算も割り算も覚えられず、九九の暗唱試験を四度もやり直したヤスシの、〝俺の店〟。

わたしが返事をしないので、真子は何度か呼びかけてきた。そして気づいたら、わたしはちらりとも考えていなかったことを口に出していた。

「本当は四人じゃなかったわよね。五人だった。ユキコがいたから」

自分で言ったことに、自分で驚いていた。でもその驚きは、真子には伝わらないようだった。彼女はしみじみと声を落として言った。

「そうだよねえ。あたしたちは五人グループだったんだ。そっか、マエちゃんもユキコのこと考えてたんだね。あたしもそう。来月の一日で、ちょうど二十年になるんだよ。ユキコがあんな——あんなことになってから」

殺されてから。真子があいまいに言い濁した事実を、わたしは胸の奥で反芻した。絞め殺され、道端にうち捨てられてから二十年。わたしたちは三十二歳になったけれども、橋《はし》田《だ》雪子《ゆきこ》は十二歳のままだ。

そういえばわたしは、雪子の墓に詣でたことが一度もない。彼女の墓がどこにあるのかも知らなかった。事件から数ヵ月後、警察の捜査がはかばかしく進まないまま、雪子の同級生たちがそろって中学の制服を着て歩き回っているのを見るのは辛いと、彼女の両親は一人娘の遺影を抱いて引っ越していった。誰も行き先を尋ねなかった。正直言って、彼らが生活圏から姿を消してくれて、みんなホッとしていたのだろう。当時、わたしの母などあからさまに言っていたものだ。

――買い物なんかで橋田さんのお母さんにばったり会ったりすると、どんな顔をしていいかわからなくて参ってたのよ。わざと角を曲がって避けたりしてね。これでやっと、余計な気をつかわなくて済むようになるわ。

雪子を殺した犯人が野放しになっていることへの不安よりも、娘を失った両親の悲嘆に暮れた顔を身近に見て暮らさねばならない億劫さの方が身に応える。第三者の本音など、その程度のものだということを、わたしは母から教わった。そんな母の言葉に、

――ユキコはあたしの大事な友達だったのに、そんなこと言うなんてひどい！

と、反発するような子供では、わたしはなかった。誰も見ていない家のなかでそんなパフォーマンスをして母と衝突するなんてバカバカしいと、きちんと計算する子供だった。

だからこそわたしは優等生だった。

「で、来週の金曜日なんだけど、来られる？　決算とかそういうのがあって、銀行って月末月初は忙しいんでしょ？」

真子は尋ねた。わたしは、大丈夫よ行かれるわと応じた。

「そう、良かった！　あたしもマエちゃんが来てくれなかったら嫌だもん。スギジはともかく、ヤスシは相変わらずガサツだから」

スギジ――杉山次郎《すぎやまじろう》の呼び名だ。わたしたち五人グループの二人目の男の子。ユキコと

同じ団地に住んでいた男の子。彼女といちばん仲が良かった男の子。

わたしの方は、ほとんど振り向いてくれなかった男の子。

「杉山君もねえ、懐かしいわ」

鮮やかによみがえってきた古い記憶に逆らって、わたしはさりげなく言った。

「今どうしてるのかしら。わたしはまーこ以外の同級生と付き合いがないから、全然知らないのよ」

「マエちゃんは中学終わると引っ越しちゃったもんね。スギジ元気だよ。お父さんとお母さんは今でもあの団地に住んでるから、たまぁにこっちにも来てる。あたしも、道で会ったことあるもの」

「孫の顔を見せに来るんでしょうね」

「孫って――ああ、スギジの子供？　事情はよく知らないけど、あいつ離婚したらしいよ。子供はいなかったんじゃないかな」

ほんの少しだけれど心がさざめいて、自分が情けなくなった。中学を出て以来、一度も会ったことのない相手なのだ。

「子供っていったら、ヤスシよ。男の子と女の子一人ずつ。けっこうなマイホームパパらしいよ」真子はクスクス笑った。「あいつが今度のこと言い出したのも、自分の店と奥さんと、可愛い二人の子供を見せびらかしたかったからじゃないかしらね」

ヤスシの店の場所を教えてもらい、待ち合わせの時間を確認した。町はずいぶん変わってしまったから、マエちゃん迷子になっちゃうかもしれないと、真子は笑った。それから、子供みたいな口調で言い添えた。

「もしかして雪が降ったりしてね。降ったら、それはユキコの雪だよ。覚えてる？　あの子、ホントに色白だったから、先生に、雪ン子のユキコって呼ばれることがあったじゃない」

そうだったわねと応じながら、わたしは考えていた。ユキコの雪。そうだ、真子の言うとおりだ。だが、そう連想するのは、ただユキコのほっぺたが抜けるように白かったからではない。二十年前のあの日、彼女の亡骸《なきがら》が、前日に降った大雪でできた吹き溜まりの下から発見されたからだった。どうして真子はそれを思い出さないのだろう、気にならないのだろうかと思っているうちに、彼女は軽やかに挨拶を投げ、電話を切ってしまった。

当日、本当に雪が降った。

朝方は冷たい雨だったものが、昼過ぎから大粒のぼたん雪に変わり、さらに細かな粉雪の本降りになった。東京では数年ぶりに十センチから十五センチの積雪が予想される、通勤通学の皆さんは交通情報にご注意ください、足元にも気をつけて——と、天気予報官が親切な忠告を発しているそばから、テレビ局のオープンスタジオのガラスの外を、救急車が通過してゆく。

わたしはレインブーツを履《は》いていたので、足元に不安を覚えることはなかった。それでも気は重かった。ユキコの雪。嫌なことを思い出させる。真子は子供のころとちっとも変わっていない。叙情的な想像力と、それと裏腹な無神経さ。

駅に向かいながら、このまま真っ直ぐ帰宅しよう、ヤスシの店には後で言い訳の電話をかければいいじゃないか——という誘惑にかられた。子供時代を過ごした町は、今のわたしの小さな住まいとは、都心を真ん中に挟んで、ちょうど反対の方角にある。乗る電車も逆方向のものだ。

地下鉄のホームへ降りてゆくと、ヤスシの家に向かう電車の方が先に来た。わたしを家に連れ帰ってくれる側の電車は、すれ違いに出たばかりのようだった。

結局、来た電車に乗った。

わたしがこの町に住んでいたころには、まだ存在していなかった地下鉄の駅に降りて、懐かしいはずの町並みにもさっぱり見覚えがなく、タクシーを探そうと見回しても、一台も通りかからない。仕方なしに、真子が教えてくれた道順を、おぼつかない記憶を頼りに歩き始めた。細かく冷たい雪はしんしんと降り続き、それでなくても古びてしまっている土地勘を狂わせる。風がないのがせめてもの幸いだったけれど、ときどき足を止めて傘とコートの肩の上から雪をはらい落とし、両手に息をかけて温めねばならなかった。

歩いてゆくうちに、緑が真っ赤に錆びた工場の看板やトラック会社の駐車場や公営団地など、見覚えのある光景が目についてきて、どうやらわたしは道を間違えたようだということもわかってきた。ヤスシの店に通じる道よりも、通り一本分西側を歩いているのだ。さらに、傾きかけたスクールゾーンの標識が、雪にまみれているのを見つけて、どうして道を間違ってこちらに来てしまったのか、その理由もわかった。

ここはかつての通学路。真辺小学校へ、六年間毎日通った道だ。わたしの足は、勝手にその道に惹きつけられていた。

そして、ユキコの亡骸が発見されたのも、この通学路の途中のある場所だった。

タクシーのメーター検査場の大きな建物の裏側。大人の背丈ほどある吹き溜まり。検査場の職員は、通行の邪魔になるから、雪かきをしようと思っただけだった。町の住人ではない彼は、真辺小学校六年の橋田雪子という女児が前日夕方から帰宅していないことも、両親が捜索願を出していることも、地元の町内会の人たちが捜索隊をつくって動き回っていることも、まったく知らなかった。ただシャベルで雪かきをしただけだった。すると、吹き溜まりの下に、赤いパーカに赤いマフラー、赤いゴム長靴を履いた少女が、ランドセルを傍らに、仰向けに倒れていたのだ。

——最初は、お人形かと思ったんですって。

聞き込んできた噂話を、母はわたしにも教えてくれた。

——大きなお人形。ぱっちりした目で、色白で。赤いパーカがよく似合ってね。

ユキコが彼女のマフラーで首を絞められて殺されたのだということが判明したのは、亡骸が警察に運び込まれた後のことだった。赤いタータンチェックのマフラーは、あまりに強く絞めあげられたので、彼女の首に食い込み、そのまま凍りついていたという。

わたしは顔にあたる雪のさやさやという音を聞きながら一心に道を歩き、人とすれ違って肩が触れ合い、傘から雪がどさりと落ちても目をあげなかった。降り積もった雪に、レインブーツの爪先がすっぽりと隠れる。場所によってはくるぶしあたりまで埋もれてしまう。今夜はもっと降り、さらに積もるだろう。あの場所に吹き溜まりができるまで。これはユキコの雪なのだから。

タクシーメーター検査場の外壁は、くすんだ灰色だった。ところどころにひびが入り、染みが浮いている。変わっていない。二十年前も今も、同じように古びている。歳をとったのはわたしだけで、壁は老いていないのだ。

あのころ、この建物の裏手には、庭とも空地ともつかない狭い草地があって、そこには季節ごとにいろいろな花が咲き、ときどき雨蛙をつかまえることができた。わたしたちにとっては、格好の隠れ遊び場だった。そこに行くには、検査場の建物と、その隣の四階建てのアパートの細い隙間を抜けていかなければならなかったけれど、それは小さな子供にはたやすいことだったし、春の盛りなど、じめじめした建物の間隙《かんげき》を縫って、タンポポや菜の花の咲く草地に出ると、別世界に到達したような楽しさがあった。

わたしはここでまーこと遊び、ユキコと遊んだ。菜の花で花飾りをつくっていたら、ヤスシがやってきて、この花は食えるんだと言ってどしどし摘み取ってしまい、喧嘩になったことがあった。ここでよく本も読んだ。スカートが汚れないように気をつけながら、草でふかふかした地面に腰をおろして、一冊の本をかわりばんこに音読するのだ。ユキコはあまり成績が良くなかったけれど、音読は得意だった。難しい漢字もスラスラ読みこなした。まーこはひらがなでさえつっかえることがあったけれど、彼女の音読は可笑《おか》しくて、聞いていると、内容に関係なく笑い出してしまうことがあった。あまり大きな声を出して騒いでいると、メーター検査場に勤めている小父《おじ》さんたちに見つかってしまい、二階の窓から大声で怒鳴られることもあったが、子供好きの守衛さんが一人いて、おとなしく遊んでいるならいていいよと、見逃してくれることも多かった。紙に包んだお菓子やミカンをもらったこともある。

――明るいうちに帰るんだよ。ここは五時で閉めちまうからな。その前に帰るんだよ。

守衛さんは、口ぐせのようにそう言った。

一度だけ、この人が顔を真っ赤にして怒ったのは、五年生の夏、建物の壁を這いのぼっているツタを伝って二階まで行かれると、スギジがムキになって言い張って、本当に二階の窓枠の下までよじ登っているところを見つかったときだ。

――おまえらの身体は、おまえらのモンじゃないんだぞ。おまえらが大きくなるまでは、お父ちゃんとお母ちゃんのものなんだからな。勝手なことやって怪我なんかしたらいかんのだ。わかったか？

わたしたちはベソをかいてうなだれた。スギジは真っ白な顔をしていた。ヤスシは口を尖らせていた。まーこはおさげを引っ張っていた。ユキコは守衛さんに謝った。もう二度と、危ないことはしません。お父さんとお母さんからもらった身体を大事にします。

それなのに、そうやって言葉で誓ったユキコが、ほかでもないこの場所で死んだ。

「マエちゃん」

声をかけられて、わたしはつと顔をあげた。追憶に曇っていた視界の焦点があった。

わたしは無愛想な鉄の片扉の前に立っていた。メーター検査場の建物は変わっていなかったが、隣のアパートは建て替えられていた。そして裏手の草地に通じる隙間には、この扉が立ちはだかっていた。

「マエちゃんも、ここに寄ってたんだ」

白い息を吐き、さくさくと雪を踏みしめながら、まーこが駆け寄ってきた。上質の起毛のコート。温かそうな手編みの帽子をかぶっている。長い髪をひとつにまとめて編んだおさげを片方の肩の上に垂らし、まるで髪飾りのように、小雪をいっぱいくっつけている。

「こんな扉、いつできたんだろう？」

指先で、扉の鉄柵に溜まった雪をかき落としながら、わたしは訊いた。

「覚えてない？　事件の後、すぐについたんだよ。もう子供が入り込めないように」まーこは言って、寒そうに目をしばしばさせながら、建物の隙間の向こうを見た。「子供を狙った変質者が入り込まないようにね」

「わたし、知らなかったわ」

「事件の後はずうっと、ここを通るのよしてたもんね。だけど、この扉よく壊されるんだって。何度も直してるのよ。どうしてかしらね」

喉元まで、言葉がこみあがってきた。

——扉があると、ここに閉じこめられることになるから、ユキコの幽霊が嫌がってるんじゃないの。

「マエちゃん、寒そうだよ。行こう」

まーこがわたしの背中をやわらかく押した。わたしは歩き出した。二、三歩行ったところで振り返り、傘の雪が落ちた。わたしは鉄の扉を見た。掛けがねはきちんと下りている。

「どうしたの？」

まーこの問いが、白い息になって空に消える。わたしは微笑しただけで、先にたって歩き出した。

ヤスシは二十二歳で両親の蕎麦屋を継ぐと、すぐに店を改装し、昼は定食屋、夜は居酒屋として営業できるようにしたのだという。

「最初は親父たちも大反対だったんだけどさ、改装して一年ぐらいで、地下鉄が通るようになったら、このあたりも会社とかビルが増えてよ、店は大当たり。蕎麦屋のままだったら、立ち食いのチェーン店に勝てなかったろうし、ま、結果オーライだな」

ヤスシは上機嫌だった。天候のせいだろう、店は閑散としており、近所の常連客がちょっと顔を出しても、雪の話をするくらいですぐに帰ってしまう。おかげで、わたしたちの貸し切りみたいなものだった。

八人掛けのカウンター席と、四人掛けの座敷席が三つ。小さな店だが、温かくて美味《おい》しそうな匂いが漂っている。ずらりと並べられた地酒の銘柄には、他所《よそ》で聞いたこともないような珍しいものも混じっていた。

ヤスシの妻は、わたしたちと同じ真辺小学校の出身で、二歳年下だという。昔は地元警察でも有名な非行少女だったんだと明るい声で言い、実家《さと》が魚屋だから、魚をさばくのはヤスシよりあたしの方が上手《うま》いんだけど、揚げ物と煮物はヤスシにかなわない、何だか普通と逆ですよネエと笑う。

思い出話の大放出は、最初からスロットルは全開で始まった。

座敷席の隅で、わたしはまーこと並んで座っていた。向いにはスギジがいて、鼻筋に乗せた縁なし眼鏡をときどきずりあげながら、ヤスシの話とまーこの冗談に、昔と同じ笑顔で笑っていた。ヤスシはテーブルと帳場を忙しく行き来して、盛んにしゃべりつつ、あれを食えこれを飲め、こいつは俺のお薦めだとか、皿を動かしたりグラスを運んだり、一時もじっとしていない。誇らしげに上気した顔が、幸せそうだった。

八時ごろになって、ヤスシの妻がいったん住まいの方に引っ込み、すぐに小さな子供を二人連れて戻ってきた。

「長男のマモルと、長女のミカです」

照れてもじもじ笑いをしている二人の頭の上に手を乗せて、おじぎをさせた。マモルは小学校の一年、ミカは幼稚園の年長だという。

「ボクたちもう歯をみがいて寝るんだけど、寝る前にどーしても、まーこ先生にサインしてほしいんだって。お願いしますって、ホラ、ご挨拶しなさいよ」

母親に押し出されて、それでもためらっている子供たちに、真子の方から近づいた。

「初めましてー。マモル君とミカちゃん、二人とも、わたしのマンガ読んでくれてるの？嬉しいな、ありがとねー」

真子は地元の商業高校を出るとすぐに就職したが、趣味で描いていたマンガが認められることになり、今では立派にその道で一人立ちしている。子供向きの、愉快な動物たちがたくさん登場するマンガで、可愛らしいキャラクターが人気を集め、グッズもいろいろ販売されている。〝まーこセンセイ〟。読者の子供たちは、彼女をそう呼ぶ。それが今の彼女、今の真子の人生だ。みんな、まーこセンセイにはげましのおたよりを出そうね。まーこセンセイ、次の連載にくいしんぼもぐらのパクロンは出てきますか？　まーこセンセイは、どのキャラがいちばん好きですか？　まーこセンセイからみんなにクリスマスプレゼント。キャラクターグッズとサイン入り色紙です。

ヤスシの子供たちは、まーこにお気に入りのキャラを描いてもらい、握手してもらって、目を輝かせた。両親に命じられて、おやすみなさいと引き上げていったけれど、しばらくは興奮で寝つかれないのではないか。

「まーこ、幸せだな」

ヤスシの話に調子をあわせるくらいで、自分からはほとんど口を開かなかったスギジが、微笑しながら真子に言った。そのしみじみと憧れるような優しい口調が、わたしの心には冷たく突き刺さった。

「おまえ、マンガなんて昔から描いてたか？　俺は全然覚えがないぞ」

ヤスシが座敷にあがりこんだ。子供たちも寝たことだし、今夜はお客ももう来るまい、いよいよ本腰を入れて飲もうというのだろう。

「夢中になって描くようになったのは、高校に入ってからだよ。あたしは遅咲きだったの。

高校でマンガ同好会に入ったのがきっかけだったかなぁ」

「才能があったんだな」

「どーかな。運が良かったんだよ」まーこは地酒をぐいぐい飲み、ほがらかに酔っぱらっていた。「あたしとヤスシは同じだね。一軒の店を持って商売してるんだ」

「チェ、よく言うよ。うちの売り上げは、おまえの年収ほどねえよ」

こんな集まりでは避けられるはずもない、互いの近況報告だ。わたしが銀行勤めであることは、まーこから聞いたのだろう、ヤスシもスギジも知っていた。ヤスシは、近所の支店に配属になったら、幼なじみのよしみでよろしく頼むと言った。

「わたしは融資の担当じゃないから、無責任な約束なんかできないけど」

「なんだよ、つまんねえな。じゃあ、融資課の偉いヤツを亭主にしちまえよ。そんなら話が早いだろ」

「勝手なこと言ってるねえ」

「スギジはどうしてンだ？　会社辞めちゃったってことは聞いたけど」

スギジは関西の大学に進み、そのままその地に留まって就職した。そこを辞めて東京に戻り、今は都下のコンピュータソフトウエア開発会社で働いているという。

「ついでに訊くけど、なんで離婚したんだ?」ヤスシはだいぶ酔っていた。「かみさん、美人だったじゃんか」

「そうよね。あたしたち結婚式でたくさんお祝い包んだのに」

スギジは屈託なく笑った。「ヤスシには、俺の方が先にお祝いを出したんだから、貸し借りなしだ。まーこの分は、めでたく結婚する時にちゃんと返すからさ、それまでツケといてくれよ」

スギジの結婚式に、わたしは呼ばれなかった。まーことヤスシが呼ばれていたことも知らなかった。ひとつではあまり意味のない事柄だが、ふたつ揃うと意味が生まれる。わたしは黙ってスギジの顔を見ていたが、彼はわたしの方を見ようとしなかった。

「性格の不一致ってやつだよ」スギジは言って、眼鏡をはずすとハンカチでレンズを拭いた。「どっちが悪いってことじゃなかったから、すんなり別れたんだ」

「社内結婚だったでしょ」

「仲人、上司だったよな。まずかったろ」

「どっちみち辞めようと決めてたから。女房は会社に残れたんで、良かったよ。二年くらいして再婚して、もう子供もいるんだ」

「えー、今でも付き合いがあるの？」

「年賀状はやりとりしてる。元気でやってるみたいだよ」

スギジはいつもこうだった。自分より友達や仲間のことを考える。彼が自分のことでムキになったのは、しゃにむに自分を主張したのは、後にも先にもただ一度だけ、あのタクシーメーター検査場のツタを登れると言い張ったときだけだった。

「そうすると、今ンところ子持ちは俺だけか」と、ヤスシが言った。「やっぱ、ちょっと口に出しにくくて今まで話題にしなかったんだけど――」

「もしかして、ユキコのこと?」まーこが先回りした。

「うん。思い出すか?」

「もちろんよ。マンガのなかに、ユキコをモデルにした女の子のキャラも出してるもの」

「そうだったのかぁ」

「今日のこの雪も、偶然みたいに思えないね。あたしたちがここで集まること、ユキコの魂にも通じてるんじゃないかな。あたしもマエちゃんも、ここに来る前にタクシーメーター検査場に寄ってきたんだよ」

スギジは何も言わなかったけれど、眼鏡をはずすと、それをシャツの胸ポケットに引っかけた。子供のころの彼は眼鏡をかけていなかった。ユキコの知っているスギジは眼鏡をかけていなかった。だから彼女の話題が出たら、眼鏡をはずすのかとわたしは思った。

「俺、自分の子供を持ってから、よくユキコのこと考えるようになったんだ」神妙に姿勢を正して、ヤスシが言った。「あいつのことだけじゃない。ユキコの親父さんとおふくろさん、辛かったろうなぁって……」

「犯人、捕まらなかったもんね」

「二十年だろ？　とっくに時効だよな。ユキコを手にかけた奴が大手を振ってそこらを歩いてると思うと、ときどき俺、腹が立ってたまんなくなるンだよ」

スギジが無言のままヤスシのグラスに酒を注ぎ足してやり、彼はそれをぐいと呑んだ。

「生きてたら、どんな大人になってたろうね、ユキコは」と、まーこが優しい口調で言った。

「いいお母さんになってたかな。バリバリのキャリアウーマンになってたかな」

「あいつ、勉強はできなかったからな」と、ヤスシは笑った。「俺、あいつと通信簿を見せ合ったことがあるんだ。いい勝負だった」

わたしたちは静かに笑った。ヤスシは真っ赤な顔をしており、スギジはずっと目を伏せていた。

子供を寝かしつけたヤスシの妻が、住まいの方から戻ってきた。カウンターの端を持ち上げて厨房に入りかけ、アラと声をあげた。

「どうしたの？　うちに用？」

わたしたちはいっせいに店の戸口の方を見た。格子にガラスをはめこんだ引き戸が、二十センチほど開いている。隙間から雪が吹き込んで、床の一部が白くなっている。

「こんな時間に、子供のお客さんよ」ヤスシの妻はまたカウンターをあげて出てきた。

「赤い長靴の――」

ヤスシがさっと座敷から下りた。まーこが手で腕をさすった。「赤い長靴?」と、小声で言った。

ヤスシは戸を開け、身を乗り出して外をのぞいた。ううう、寒いと震えている。

「誰もいない――」

言いかけて、ヤスシがぎょっとしたように背中を伸ばし、半歩退いた。どうしたのと、まーこが膝を乗り出した。

「これ――何だよ」

ヤスシの声が低くなった。番犬が異常を感じて唸《うな》っているみたいな声だった。

ヤスシの妻が、まーこが、スギジがヤスシのそばに駆け寄った。わたしは座敷の縁に膝立ちになり、四人の背中を見ていた。

「これ、足跡だ!」と、ヤスシの妻が言った。

「ホラ、うちの前まで続いてるじゃない!」

ひと呼吸おいて、まーこがかすかに震えるような声を出した。「子供の足跡だね。子供の長靴の足跡よ」

一瞬のうちに、了解ができた。誰がそれを口にしようと同じだが、どうしても俺が言いたいという熱をこめて、ヤスシが言った。

「ユキコが来たんだ。これ、ユキコの足跡だぜ。あいつが来たんだ。来てくれたんだ」

皆は外に出ていった。あわてていたが、雪の上に残された足跡を踏み荒らさないように避けることは忘れなかった。

わたしはゆっくりと靴を履き、四人に続いた。戸口のところで下を見た。吹き込んだ雪が白い線になっている。敷居の向こうに目をやった。

子供の長靴の足跡など、わたしには見えなかった。見えるのは皆の、大人の靴底の跡ばかり。皆が踏まないように気をつけて迂回した場所には、ただ真っ白に新しい雪が降り積もっているだけだった。

わたしは外に出た。とっぷりと、町の底まで夜が満ちていた。降りやまない雪だけが、その夜のなかで、唯一の生き物のようにちらちらと動き、光り、輝いていた。

「ユキコ！」と、まーこが呼んだ。「そうだ、ユキコだ！　ほら、あの赤いパーカ！」

四人はゴム長靴の足跡をたどってどんどん走り、次の角を曲がるところだった。ヤスシが妻をつかまえて揺さぶりながら、

「見たよな？　おまえも見たろ？　な？　な？　あれはユキコだ！」

ヤスシの妻は彼の腕にしがみつき、全身でうなずいていた。まーこは先頭に立って走ってゆく。スギジがいちばん遅れていた。ゆっくりと近づいてゆくわたしを、角の街灯の下で振り返って迎えた。

「俺も見た。ユキコだった。さっきちらっと見えたろ？　赤いパーカの女の子だった。あ

の日のユキコと同じ格好だった」

平板で、少しだけなら優しく聞こえる口調だった。

「あの吹き溜まりのところから来たんだ。ユキコが来るとしたら、あそこから来るに決まってる。足跡が消えないうちに追いつけば、会えるかもしれないな」

わたしは黙っていた。地面を見ても、やっぱり何も見えなかった。ゴム長の小さな足跡など、どこにも見えなかった。

「スギジには、足跡が見えるの？」と、わたしは尋ねた。

答える代わりに、彼は白い息を吐いて、三人が走って行ったのと逆の方に目をやった。だからわたしには横顔を向けた。そして、暗唱するみたいに言った。

「ユキコの両親は、霊能者に相談したことがあるんだ」

わたしは顔にかかる雪を手ではらった。

「事件から十年経って、もう警察でも捜査なんかしてくれないって、諦めたんだろうな。霊能者を雇って、あの現場に連れて行ったんだ。娘の霊を呼び出して、犯人を教えてもらおうって。誰がおまえを殺したんだいって、聞き出そうとしたんだ」

俺はそれを、おふくろから聞いたと、彼は続けた。「うちはユキコのとこと家族ぐるみの付き合いだったから、おふくろも心配だったんだろうな。霊能者なんて、どんな人間かわかったもんじゃない。俺はこっちへ戻ってきて、その場に立ち会うことにした」

スギジは言葉を切り、胸の前でぎゅっと腕を組んだ。

「ユキコの霊は出てきた？」と、わたしは訊いた。

「出てこなかった」と、スギジは答えた。

「ユキコの親父もおふくろさんも、やつれきってた。ユキコが死んで以来、いっぺんも笑ったことなんかなかったんだろう。霊能者が失敗して、二人ともがっかりしてたけど、どっちにしろ、わたしらが死んだら、あの世でユキコに会えるんだからって言って、帰っていった」

スギジの髪も肩も真っ白だった。今の彼は、あの日、雪の上に倒れたユキコとそっくり、雪まみれになっていた。

「俺、気の毒で——あんまりにも可哀想で、口に出しそうになった。ユキコを殺したのは俺ですって。喧嘩してマフラーを引っ張ったんです、あんなことになるとは思わなかったって。ごめんなさいって。それで少しでもおじさんおばさんの気が晴れるなら、俺、そう言おうかと思った」

でも、結局言わなかったと、彼は首を振った。顎に浮かんだかたくなな線に、わたしは見覚えがあると思った。

そうだ、この顔はあのときの顔だ。ツタをよじ登っていたときの顔だ。絶対に二階まで登ってみせると宣言して、壁にへばりついていたときの顔だ。

三人が走っていった方向に、わたしは目をやった。子供の足跡は、やっぱり見えなかった。三人の足跡でさえ、すでに薄れ始めていた。

「本当にスギジが殺したの？」

わたしの問いに、初めてわたしの方を、わたしの目を見て、彼は答えた。

「俺は殺してない」

ほんの一秒か二秒、わたしたちは向き合って立っていた。そしてスギジはくるりと背を向けると、三人が駆け去って行った方向へ歩き出した。わたしは一人、街灯の下に残った。

二十年。長い歳月を、スギジはどうして待っていたのだろう。どうして黙っていてくれたのだろう。察していたなら。勘づいていたなら。

彼は知っているのだ。ずっと疑っていたのだ。ほとんど動物的な子供の直感で見抜いていたのだ。わたしがユキコを殺したことを。わたしがあの赤いチェックのマフラーを引っ張って、ユキコが倒れても引っ張って、完全に息が止まるまで引っ張って、それから彼女を置き去りに、走って逃げ出したことを。

わたしはユキコが憎らしかった。わたしみたいに頑張っていないのに、わたしみたいにいい子じゃないのに、いつもニコニコしているユキコが憎らしかった。あの白いほっぺたが憎らしかった。スギジと並んで帰るユキコが憎らしかった。まーこの音読が可笑しいと、何の計算も抜きにして、まーこがいちばん喜ぶように吹き出すことができるユキコが憎らしかった。ヤスシにしょっちゅういたずらを仕掛けられるくせに、ほかの誰かに虐《いじ》められていると、真っ先にヤスシが助けに駆けつけてくれるユキコが憎らしかった。

ユキコが持っているすべてが、わたしは憎らしかった。何の努力もなしに獲得したものなのに、ユキコがそれを当たり前のように享受していることが憎らしかった。彼女がもっと頑張り屋だったなら、彼女がわたしと張り合ってくれたなら、彼女がわたしを嫌ってくれたなら、わたしはユキコを殺さずに済んだろうに。

悪いことをしたなんて、一度も思ったことはなかった。優等生の顔を保っていれば、誰にも疑われたりしないことも承知していた。そもそも偶然の出来事だったのだ。あの裏地で二人きり。わたしたち本当に二人きりだったのだから。二人きりだったからこそ、起こった出来事だったのだから。

せいせいしたと思っていた。何かを失っただなんて、一度も思ったことはなかった。後悔なんてしたこともなかった。これでもう、何もわたしの邪魔をするものはない、気に障ることもない、これからは生き生きと生きられると信じていた。わたしは何でもできるんだから、自分の望むものなら、どんな夢だってかなえられる、何にだってなれるんだと思っていた。

だけど、現実は違っていた。二十年かけて、自分の手で殺《あや》めた者の幽霊を見ることさえできない人間に成り下がっただけだった。

明日、雪が止んであの吹き溜まりを掘り起こしたら、そこには十二歳のわたしが死んでいるのだろう。二十年前に、ユキコを殺したとき、ユキコと一緒にわたしが殺してしまったわたしが。硬く凍りつき、小さく身体を丸めて。

誰にも弔われず、誰に悲しまれることもないまま、永遠に時間を止めて。

オモチャ

商店街の角の玩具屋《おもちゃや》さんの二階の窓に、真夜中になると、首吊りのロープがさがっているのが見える。

いちばん最初に、いったい誰がそんなことを言い出したのか。みんな知っているようでいてよく知らない。自分でもそのアヤフヤな気分が嫌だから、他人におしゃべりすることで、あ、自分はやっぱりこの話を知っていたんだと確かめる。それでまた話が広がる。

「戸塚《とつか》さん、戸塚さんの奥さん！」

土曜日の夕方、クミコがお母さんとスーパーへ行こうとしていると、後ろの方から大きな声で、何度も何度も名前を呼ばれた。

「戸塚さんてば、ちょっと待ってよ」

ドタドタと騒々しく駆け寄ってきたのは、お向かいの笹谷《ささたに》さんのおばさんだった。近所でもおしゃべりで有名な人で、クミコのお母さんは普段、このおばさんのことを嫌っている。笹谷さん家《ち》では子供たちがもう二人とも中学生なので、学校の役員などで一緒にならずに済むから、ホントに良かったと言っていたこともある。

「ねえねえ、戸塚さんところに警察が来たって、ホント？」

上機嫌な猫みたいに喉をゴロゴロ鳴らして、笹谷のおばさんは訊いた。クミコのお母さんは、一重瞼の目をまん丸に見開いた。

「警察? うちにですか?」

「そうそう。来たんでしょ? ほら、玩具屋さんのおばあさんのことでサ」

クミコのお母さんは、ああ、あれ――と大きくうなずいて愛想笑《あいそわら》いをした。

「来たことは来たけれど、そんなのかなり前の話ですよ。だって、玩具屋さんのおばあさんが亡くなって――そうね、もう二月《ふたつき》ぐらい経つでしょう?」

「そうかしらねえ。だけど、警察が来たのはつい最近の話だって、あたしは聞いたわよ」

笹谷のおばさんは、丸っぽく太った腕で、クミコのお母さんの腕をつかんだ。そして声をひそめた。

「調べ直してるんだってね。おばあさんのヘ、ン、シ」

「ヘンシ? それって、変な死に方をしたって意味ですか」

「そうよぉ。嫌ねえ、噂になってるじゃないの。知らないわけじゃないでしょ。実は旦那に殺されたんだっていうじゃないの。二階の窓のところでこう、首を吊られて――」

おばさんは首吊りの格好をしてみせながらそう言った。

「あのおじいさん、もう普通におばあさんの首を絞めるだけの腕力がないから、そうやって絞め殺したんだって。もちろん、後片づけして知らん顔してたわけでしょ。でも、今でも窓のところに首吊りのロープがさがって見えるのは、おばあさんが恨んでるからだってよ」

　クミコのお母さんは、ちらりとクミコの顔を見た。もちろん、本当に、クミコの前ではそういう話はちょっと——と、気遣《きづか》ったのではない。だってクミコは、この噂について、あることないことひととおり知っていたし、クミコが知っていることをお父さんもお母さんもよく知っているのだから。

　でも笹谷のおばさんには、こんな牽制は通用しなかった。

「あら、クミコちゃんだって、学校で噂を聞いてるでしょ？　夜、玩具屋さんの前をウロウロしてた六年生の男の子たちが、お巡りさんに見つかって叱られたんだってね？」

　お母さんが、クミコとおばさんの間にするりと移動した。

「さあ、クミコはまだ三年生ですから、高学年の子供たちのことはわからないですよ」

「あらだって、朝礼で、校長先生が長い長いお説教をしたんだっていうじゃないの」

　学校のなかのことまでよく知っているようだ。クミコは「うん」とか「ふうん」とか聞こえるような声を出して、下を向いた。

「戸塚さんとこは、玩具屋さんの親戚にあたるそうじゃないの」笹谷のおばさんは、まだクミコのお母さんの腕をつかんでいる。「それで警察が聞き込みに来たんだって、あたしは聞いてるわよ」

「ええ、主人の方の縁ではあるんですけどね。でも長いこと付き合いが切れていて、わたしたちもこっちへ引っ越して来るまで全然知らなかったんですよ。ですから、親戚だってわかってからも、とりたてて親しくしていたわけでもないし」

「でも、おばあさんのお葬式には出たんでしょ？」

「ですから、うちは付き合いがないので呼ばれなかったので……」

笹谷のおばさんは、ますます嬉しそうに喉を鳴らした。「あら、身内を呼ばないなんて、それってますます怪しいわよね」

クミコのお母さんは、酔っぱらいから逃げる女子学生みたいにそうっとおばさんの手を外し、促すようにクミコの背中に掌をあてた。

「それにわたしたちは、おばあさんは老衰で亡くなったって聞いてますよ。殺人事件なんかじゃないと思いますよ」

「だったらどうして警察が調べ直したりするの？」

「調べ直してるのかどうかも……。とにかくうちに刑事さんが来たのは、二ヵ月くらいも前のことなんですから。そのときだってそんな話は一切していなかったし、ものの一〇分もいなかったんじゃないかしら。だから、その噂話は間違ってますよ」

それじゃスミマセンねと、万能の挨拶を残して、クミコのお母さんは歩き出した。クミコもできるだけ澄ました良い子の顔を保って、お母さんと一緒に歩いた。

玩具屋のおじいさんとおばあさんご夫婦は、名字を竹田《たけた》さんという。タケダじゃなくてタケタだ。玩具屋さんの店名も竹屋というのだけれど、商店街には玩具屋は一軒しかないし、ちょうど交差点のところにあるので、みんな〝角の玩具屋〟さんと呼んでいた。

クミコたち家族三人は、三年前に、小さな建売住宅を買って、この町に引っ越してきた。家が気に入ったからここに決めたのであって、お父さんもお母さんも、それまではまったくこの町のことを知らなかった。

それだから、引っ越してきてしばらくして、買い物に行ったお父さんが、帰ってくるなり、

「驚いたなぁ。三十年以上も会ってなかった叔父さんに、ばったり会ったんだよ。すぐ近所に住んでるんだって」

なんて言い出したときには、クミコもお母さんも、またお父さんが面白い作り話をしてクミコたちをかつごうとしているのだと思ったものだった。

でもそれは、本当の話だった。

お父さんのお父さんには兄弟姉妹が大勢いて、だいたいみんな仲が良かったのだけれど、一人だけ誰とも折り合いの悪い人がいて、早くに家を出てしまった。それがお父さんのお父さんのすぐ下の弟で、光男《みつお》という人だった。

「それでも、親父が結婚して俺が生まれて、そうだな、十年ぐらいは、正月とか法事の時には実家に戻ってきてたんだけどね。だから俺も、子供のころ光男叔父さんに遊んでもらったことを、うっすらと覚えてるんだ。だけどそれ以降は――。親父が詳しいことを教えてくれなかったんでわからないけど、実家の誰かとよっぽどひどい喧嘩をしたか、金のからんだ揉め事でも起こしたんだろうな。叔父さん、ぷっつりと顔を見せなくなってさ。音信不通で行方知れず。親父たちも、光男叔父さんのことは一切口に出さなくなった。まるで、叔父さんはもう死んじまってこの世にはいないみたいな扱いだったな」

その光男叔父さんに、会ったのだという。

「商店街で玩具屋をやってるんだってさ。婿入りしたから名字も変わっちまったそうだ」

お母さんも一緒になって驚いていた。

「世間は狭いと言うけど、偶然て、あるものなのね。でも、そんなに久しぶりなのに、あなた、よく叔父さんだってわかったわね？」

「いや俺なんか、叔父さんの顔を見たってわかりっこないよ。なにしろ長いこと会ってないんだし、すっかり爺さんになってたしな。向こうから声をかけられたんだ。俺が親父の若いころにそっくりだから、すぐにわかったんだって」

「きっと懐かしかったのね」

「うーん」とうなずいて、お父さんはちょっと困ったような笑い方をした。「でも、俺が本当にあの甥っ子だってことを確かめたら、今度はしきりに謝ってたよ。思わず声をかけちまったんだけど、悪かったって」

「どうして？」

「あの叔父さんは、実家とはとっくに縁が切れているというか、まあ勘当をくらった身の上だからな。今さら親戚付き合いなんかする気はないんだろう。こっちだって、親父もおふくろももういないんだし」

「そうねえ……。叔父さんはいくつぐらいになるのかしら」

「さあ、親父よりは下なんだから、七十五、六かな」

「ご挨拶に伺わなくていい？」

「いいよ、いいよ。遊びにおいでとも言われなかったし、所帯を持ったのかとか、子供はいるのかとか、そんなことも訊かれなかった。おまえたちは知らん顔をしていていいよ」

「それって寂しくない？」

「今さら寂しいも何もないだろ。鬱陶しいことになる方が面倒じゃないか。あっちだってそう思ってるはずだ」

　そんな具合だったから、クミコもお父さんの叔父さんのことを、深く気にしたことはなかった。商店街を通りかかると、あの玩具屋のおじいさんは、あたしの大叔父さんなんだあ——と、たまに思い出すことはあったけれど、だからどうということもなかった。

玩具屋のおじいさんは、とても小さくて痩せていた。背中が丸まっていて、身体の向きが、ゆるゆるにしぼった雑巾みたいに、ちょっとだけねじれているようにも見えた。頭はほとんどつるつるで、でも校長先生みたいにテカテカ光ってはいない。元気のないハゲ頭だった。

玩具屋さんのお店の構えは小さく、入口も普通の家の玄関先と同じくらいのスペースしかなくて、その分、妙に奥の方へ細長くできていた。そういう造りのせいか、昼でも薄暗くて陰気な感じもあった。おじいさんはいつもそのいちばん奥のところにいて、古びた木の椅子に座っていた。商店街の通りの方からちょっと首を伸ばしてのぞくと、昼はテレビ画面の光の、夜は天井に取り付けられた黄色っぽい蛍光灯の光の下で、おじいさんがそこにぽつねんと腰かけて、ぼんやりとしているのが見えた。

子供も大人も、お客らしい人はほとんど訪れなかった。友達からも、角の玩具屋さんで何か買ったという話など、ついぞ聞いたことがなかった。だって、そこにはクミコたちの欲しがるような商品は何も置いてなかったから、仕方がなかったのだ。お店の細長い通路を埋め尽くさんばかりに積み上げられたたくさんのオモチャは、みんなうっすらと埃をかぶっていて、十年も二十年も前からそこにあり、ずっと売れ残っている品物ばかりのように見えたし、実際そうだったのだろう。

もっとも、それは玩具屋さんだけに限った話ではなかった。商店街全体に、古っぽくて埃っぽくて、パッとしないフンイキが漂っていた。お店の数はたくさんあるけれど、そこでは、何かと用が足りない。クミコのお母さんだって、普段は、町の反対側にあるスーパーへ買い物に行っている。商店街に足を向けるのは、月に二度の売り出しの日ぐらいのものだ。

おばあさんの方は、めったにお店に出ていることがないので、見かける機会がなかった。お父さんから、

「光男叔父さんは十二、三年前に玩具屋のおばさんと結婚して、あそこに住むようになったと言っていたよ。おばさんが——まあ今じゃおばあさんだけど——玩具屋の跡取り娘で、だから叔父さんは竹田の名字を名乗ることになったんだってさ」

と、聞かされていなかったら、あのおじいさんはひとり暮らしだとばかり思ったことだろう。

商店街は通学路に入っていなかったので、クミコが商店街を通りかかるのは、週に二度のそろばん塾通いと、商店街を抜けた先にあるマンションに住んでいる友達の家に遊びに行くときだけだった。一年、二年と過ぎるうちに、玩具屋さんの前を通っても、(大叔父さんだぁ)と思うこと自体が少なくなっていって、三年経つころには、ほとんど忘れかけていた。

そこに突然、玩具屋のおじいさんとおばあさんのことを訊きたいと、警察の人がやって

来た。それが二ヵ月ほど前のことだったのだ。あのときは、クミコも本当にビックリしたものだった。

夕方だったけれど、お父さんはまだ帰っておらず、お母さんとクミコの二人だけだった。玄関先に訪れたのはいかつい顔の男の人で、ネクタイはしめていたけれど、背広ではなく青いジャンパーを着ていた。見せてくれた警察手帳は、テレビドラマで見かけるものよりも、もっとずっとくたびれていた。

「お邪魔してごめんよ、お嬢ちゃん」いかつい刑事さんはガラガラ声を出した。

「夕飯時の忙《せわ》しない時に、すみませんね、奥さん」

と、お母さんに笑いかけ、

「戸塚さん、商店街の玩具屋の竹屋さんのご夫婦の親戚だそうですよね？」

お母さんはお父さんから聞いたとおりの話をした。刑事さんは手帳を広げてうんうんとうなずいて、

「竹田さんからも、同じことを聞きました。ただ、あのおじいちゃんは、甥に迷惑をかけるわけにはいかないから、行かんでくれと言ってたんだけどね」

「何かあったんですか」

「実は、おばあちゃんが亡くなったんですよ。昨日の朝、布団のなかで死んでいるのを、おじいちゃんが見つけたんです」

お母さんはまあと声をあげて、「クミコ、おそうめんを茹ですぎちゃうから、火を消してきて」と言った。つまり、これは大人の話だからあんたはあっちへ行ってなさいという意味だ。クミコはハーイと台所へ引き下がり、ガスの火を消すと、ドアの陰に隠れて耳を澄ませた。

「どうして亡くなったんでしょうか」

「まあ、自然死というか病死というか、老衰だと思いますけどね。おばあちゃんの方が、おじいさんよりも年上だし。八十歳だったかな」

「それは存じませんでした」

「事件だとか、そういうことではないんです。ただ、あのおばあちゃんは特に持病とかがあるわけでもなかったらしくて、久しく医者にかかってませんでね。おじいちゃんの話でも、前日まで元気で普通に生活していたっていうし。そういう場合、一応いろいろと調べなくちゃならないこともあるんです。めったにあることじゃないが、外から誰かが入り込んで、何かを盗んで、おばあちゃんを手にかけたって可能性も、まったくないわけじゃないですからね」

「そうですか、それはご苦労さまです」

「いやいや。ただおじいちゃんがね、やっぱりショックなんでしょうよ、ぼうっとしちまって、話もなかなかうまく通じなくてね。一人じゃ気の毒だし、誰か身寄りはいないか、近所で親しくしている人はいないかって、いろいろ尋ねて、やっとこさ戸塚さんのことを聞き出したってわけなんです。でも、今のお話じゃ、奥さんは、会ったこともなかったんだねえ」

「主人がそうしろって申したもので……」

「ええ、ええ、わかります。そういうことはあるもんです。竹屋のおじいちゃんの方だって、甥には報《しら》せるな、もう関係ないんだからって、しつこく言っていたんです。こちらに伺ったのは、いわば私のお節介ですわ。おばあちゃんの方には、昔のご亭主とのあいだにできた子供がいるらしいから、そちらとも連絡をとってますし。ただ、遠方なんでね」

「主人が帰ってきましたら、すぐに事情を話して連絡させます。どちらにお電話したらよろしいですか？」

「じゃあ、ここに」

いかつい刑事さんは名刺を残して帰っていった。

しばらくしてお父さんが帰ってきて、名刺の番号に電話をかけ、二十分くらい話していたろうか。それから、ちょっと叔父さんのところに顔を出してくると言い置いて、急いで出かけ、なかなか戻ってこなかった。

結局、クミコがお父さんに会ったのは翌朝のことで、眠たそうな顔であくびばかりしていた。

クミコは、みんなで玩具屋のおばあさんのお葬式に行くの？　と尋ねた。お父さんは首を振った。

「うちは行かないよ。だからクミコは普通に学校に行きなさい」

それだけのことだった。それっきりで、後に何があるわけでもなかった。

玩具屋さんは、それでも半月ばかり閉めていたろうか。やがてシャッターが開くと、そこには今までとまったく同じように、薄暗い店と埃ぼっけの古い玩具があって、その奥でおじいさんがひとりぽつねんとテレビを観ていた。格別寂しそうにも悲しそうにも見えなかった。前と何も変わらなかった。

お父さんとお母さんのあいだでも、玩具屋のおじいさんの話が出ることはなかった。それについても、前とまったく変わりがなかった。

クミコもまた、玩具屋さんのことを忘れつつあった——

それなのに、今になって、いったいどうしたことだろう。どこの誰が、首吊りのロープが見えるなんて言い出したんだろう？　実は、おばあさんはおじいさんに殺されたんだなんて、言いふらしているんだろう？

笹谷のおばさんの言いっぷりが、よっぽど気に障ったのだろう。お母さんはあのいかつい刑事さんの名刺を取り出して、電話をかけた。そうしたら、数日して、刑事さんが訪ねてきてくれた。

「やあ奥さん、迷惑しとられるようですね」

今日もジャンパー姿だった。

「迷惑というほどのことはないですけど、竹田のおじいさんのことが心配です」

「おじいさん本人は、気にしちゃいないと思いますよ。案外、本人の耳には入ってないかもしれないし。噂ってのは、そんなものですからね。奥さんも、あんまり気に病まないことです」

玩具屋のおばあさんの死に、不審なところは何もないと、刑事さんはガラガラ声で言いきった。

「もちろん、私らが今さら何か調べ回ってるなんてこともないですよ」

「でしたら、何であんな無責任な噂話が出るんでしょうね？」

「どうやら、首吊りのロープ云々《うんぬん》は、近所の中学生が言い出したことのようですよ。塾の帰りに、夜干しの洗濯物でも見間違えたんでしょう。子供はそういう怪談が大好きですからねえ」

「それが尾鰭《おひれ》をつけて広まっちゃったわけですか？」

刑事さんはごしごしと顎をこすり、ちょっと首をかしげた。「うーん、それだけでもなくってね。前段があるというか。まあ、戸塚さんが巻き込まれる心配はないから、お耳に入れてもいいかな」

竹田さんとこは、遺産相続でちょっと揉めていましてね――と、声を落として続けた。

「おばあちゃんの方の子供たちと、おじいちゃんのあいだでね。あの土地も店も、おばあちゃんのものでしたから、普通に行けばご亭主のおじいちゃんが、半分を相続するわけですよ。他に、少々の預金や保険金もあったみたいです。ところが、先のご亭主とのあいだにできた子供が三人いて、子供ったってもうみんないい歳の大人ですから、それ相応に欲をかいてましてね。遺産は全部自分たちのものだ、爺さんはとっとと出ていけと、ちっとばかし騒いでるわけですわ」

「そんなのムチャクチャな話だわ」

「そもそも、おじいちゃんとおばあちゃんが結婚するときにも、子供たちとのあいだでえらいイザコザがあったらしいです。ホラ、子供さんたちは、先からおばあちゃんの遺産をあてにしていたわけでしょう。そこにおじいちゃんが現れたんで、横取りされるっていうんで大騒ぎでさ。もしおばあちゃんが先に死んでも、遺産は放棄するっていう一筆を入れないと入籍させないと迫ったとか、まあ、意地汚い騒動がいろいろあったようです。あのおじいちゃんは自分からそういうことをしゃべる人じゃないんで、私も商店街の古顔の人たちから聞きかじったんですがね」

「じゃあ商店街の人たちは事情を知ってるんですもの、竹田のおじいさんの味方になってくれてもいいですよね」

「それもまた難しくってね。先のご亭主も入り婿でしたが、地元の人でしたから、まわりに馴染んでいてね。だから、商店街の古い人たちは、その後に入ったあのおじいさんのことを、必ずしもよく思ってないわけですよ」

「そんなことって」

「お身内にこんなことを言うのも何だけど、あのおじいさんも、流れ者というか、過去にあれこれあるという話も聞きましたよ。ですから、なおさらなんだろうね」

お母さんは口元に手をあてて、顔をしかめた。「主人からも、光男叔父さんは実家から勘当された身の上だということは聞きましたけれど、何があったのかは……」

ま、過去を詮索しても仕方ないと、刑事さんは言って、ジャンパーの前をかき合わせた。

「おばあちゃんは、実はおじいちゃんに殺されたんだなんていう悪意のある嘘は、おおかた、子供たちの誰かが言い出したんでしょう。でも、それがヒラヒラ広がっちまうということは、商店街の人たちのあいだにも、そういう空気があるんでしょうね」

「嫌な話ですね。あの小さなお店と土地なんて、売ってもいくらにもならないでしょうし」

刑事さんは頭をかきながら笑った。

「もちろん、そうですよ。でも、金額の問題だけでもないんでね。奥さんは他所《よそ》からいらしたからご存じないでしょうが、あの商店街だって、十年、十五年前には、もっともっと賑わっていて、活気があったんです。それが、あちこちにスーパーができるようになって、じりじり寂れていってね。どの店も、やっているのは年寄りばっかりでしょ？　跡取りがいないんですよ。だけど、ああやって軒を並べて、親やそのまた親の代からの付き合いだからね。勝手に自分のところだけ店を閉めて、ハイさようならというわけにはいかんのですよ。商店街が歯抜けになるからね」

お母さんが眉を吊り上げた。

「じゃあ、玩具屋さんが、この町に戻ってくる気なんかさらさらないような子供さんたちに相続されて、土地が売られるようなことになれば、他の店の皆さんにとっても都合がいい――ちょうどいいきっかけになるってことですか？」

「ま、本音はそんなもんでしょうね。差し障りのない立場の人間が先鞭をつけてくれれば、後に続く連中も、言い訳が立つでしょ。それを言っちゃおしまいよという話ですけどね」

その晩、刑事さんから聞いた話を、お母さんはお父さんに繰り返して聞かせた。お父さんはひどく不機嫌で、ひとわたり聞き終えて、

「そのへんの事情は俺も知ってる」

と、言い出したときは完全に怒っていた。

「警察に電話して確かめるなんて、おまえも余計なことをしたもんだ。こういうことは、

知らん顔してれば自然におさまるものなのに」

「あら、だってあたしは――」

それがきっかけで夫婦喧嘩が始まってしまったので、クミコはとっととお風呂に逃げた。

翌日、そろばん塾に行くと、

「おまえんとこに、また刑事が来たんだって？」

友達に、いきなり訊かれて、いったい誰が見ていたんだろうとビックリ仰天した。説明するのがタイヘンだった。お父さんの言ってたとおりだなぁ――と思った。

悪さをする人間はどこにでもいるし、悪のりする人間もどこにでもいる。玩具屋さんの二階の物干しのところに、首吊りに使う格好に結んだロープがぶらさげられたのは、それから二日後のことだった。夜中のうちにされたイタズラだったので、日が昇ってから気が付いた商店街の人たちがあわてて取り外したのだけれど、翌朝になったらまた同じようにロープがさがっていて、今度はさすがにお巡りさんがやって来た。

それからしばらくすると、今度はどこかのテレビ局が取材にやって来た。誰が知らせたのかわからない。深夜の短い番組だそうだ。面白可笑しく取り上げるには、格好のネタだと思ったんだろう。なんだかにぎやかなタレントが、レポーター役でやって来た。

お母さんには、見物に行っちゃいけないときつく言われていたのだけれど、友達はみんな行きたがるし、結局クミコも商店街へ行ってみた。おじいさんどうしてるかと心配でもあったし、いったい何が起こるのか、見てみたいという気持ちもあった。

「突撃チョーサ隊！」とか叫んで、レポーター役のタレントはいろんなことをしゃべった。

「おじいちゃんの言い分も聞いてあげなくちゃいけないよう」

「商店街はみんな仲良くしなくっちゃね！」

「だってさあ、おじいちゃん玩具屋のカガミじゃない。ご近所に、コンだけ面白いものを売ってるんだからさぁ」

いちいち声を張り上げて、とにかくやかましい。おじいさんは店を閉めてしまって出てこない。でも、大勢集まった野次馬が、いちいちレポーターの言うことに反応するから、ものすごく騒々しかった。

商店街がこんなに賑わうのは久しぶりだと、みんな楽しそうだった。やたらにゲラゲラ笑っている。だんだんと、クミコは吐きそうなくらいに気持ち悪くなってきて、友達を置いて家に帰ってしまった。

取材はもう一回あった。情報誌だとかいう話で、玩具屋さんの写真をたくさん撮って帰っていったそうだ。テレビ局が来て以来、おじいさんは店を閉めっぱなしにしていたので、なかの様子はまったくわからない。記者だという若い男の人が、何度も何度もシャッターを叩いて呼びかけても、返事はなかった。

「やっぱ、テレビの方が人が集まるな」

玩具屋の隣の帽子屋の小父さんが、そんなことを言っているのがちらりと聞こえた。クミコのお父さんとお母さんは、それらの出来事に、それぞれに怒っていた。二人ともウルトラ不機嫌だった。

「よってたかって年寄りをオモチャにしやがって」

お父さんが、めったに出さない荒い声を出しているのを、クミコはこっそりと聞き取った。言葉の意味はよくわからなかったけど、悲しかった。

玩具屋さんはずっと閉店が続いた。そうして、情報誌とやらの取材から半月ほど経って、おじいさんは亡くなった。朝早く、お店のシャッターの前で倒れているのを、通りかかった人が見つけたのだった。

クミコのお父さんは、今度は朝から駆けつけて、その日の夜になって、げっそりした顔で家に帰ってきた。

「追い返されたんだよ」と、お母さんに言っていた。「先のご亭主とのあいだの子供たちにさ。連中、ハイエナみたいだよ。俺のことも、遺産狙いだと思い込んでるようだったな」

だからクミコたちは、おじいさんのお葬式にも出ることがなかった。おじいさんは病気で死んだのに、首吊り自殺だったという噂が広がった。それは違うと知ってるはずの、商店街の人たちも、その噂をしゃべっているのをクミコは耳にした。

おじいさんが死んでしまうと、玩具屋さんは、瞬く間に取り壊されてしまった。その前に、お店のなかの商品を、全品百円で叩き売った。そのとき売り子をしていた人が、遺産を受け継いだ子供たちの一人であるらしかった。

「クミコ、お友達に誘われても行っちゃダメよ。何も買わないでね」

お母さんに注意されるまでもなく、クミコはもう商店街には近寄らなかった。セールが終わっても、玩具屋さんが失くなって更地になっても、噂が消えても、けっして、けっして、商店街には近寄らなくなった。そろばん塾にも、友達の家にも、遠回りをして行くようになった。

それでも、二ヵ月ほど後のこと――

お父さんが、商店街の先に新しくできた自転車屋さんに連れて行ってくれるというから、クミコは一緒に出かけた。お父さんは遠回りなどしなかった。真っ直ぐに商店街を目指している。ここを通り抜ければ、自転車屋さんはすぐそこなのだから。

お父さんが先に気づいたのか、クミコが気づいたからお父さんも気づいたのか、順番はわからない。足を止めたのはクミコが先だった。でも、クミコが立ち止まったのは、突然、お父さんに強く手をつかまれたからかもしれなかった。

かつて玩具屋さんのあった場所、今はぽかんと更地になっているところに、竹田のおじいさんが立っていた。うっすらと、薄っぺたく、半分透き通ったみたいになって、ひとりで立っていた。

こちらを見てはいなかった。隣の帽子屋さんの窓を見上げていた。

おじいさんの頭から爪先までちゃんと見るのは、これが初めてかもしれないなと、クミコは思った。だっていつもお店の奥で、腰かけてテレビばっかり観ていたもの。

でも、表情は同じだね。同じ顔をしているね。テレビを観ていたのと同じ目で、ぼんやりしているね。

クミコはお父さんの手を強く握り返した。お父さんがクミコを見おろした。そしてすぐにも、お父さんが見ているものを、クミコも一緒に見ていると悟った。

どうしてだかわからないけれど、喉がきゅうと詰まってしまって、クミコはぽろぽろと涙をこぼした。

お父さんは出し抜けにクミコを抱き上げた。目のまわりが真っ白で、血の気が引いてしまっている。クミコはお父さんの首ったまにしがみついた。最初は自分だけが震えているのだと思ったけれど、ぴったりと抱きつくと、お父さんも同じように震えているのが感じ取れた。

「クミコ、泣くんじゃない」

クミコをあやすように揺すりながら、お父さんは言った。目は竹田のおじいさんの姿に釘付けのまま、内緒話をするように、小声で早口に囁いた。

「光男叔父さんは、おまえを怖がらせようと思ってるわけじゃないんだ。だから泣くな。泣くことなんかないんだよ」

それでも、涙は止まらない。クミコはわんわん泣いた。突っ立っているお父さんを、怪《け》訝《げん》そうに振り返りながら通り過ぎてゆく人がいる。お店の前で立ち話をしている人たちもいる。

誰の目にも、玩具屋のおじいさんの姿は見えていないのだった。

おじいさんは帽子屋さんの窓を見上げている。

「叔父さん」

と、お父さんが小声で呼びかけた。クミコは顔をあげて、お父さんが見ている方を見た。

「力になれなくて、すみませんでした」

そしてクミコを抱き上げたまま、ゆっくりと商店街を歩き始めた。クミコはしっかりとお父さんにつかまって、涙に濡れたほっぺたをお父さんの顎に押しつけて、お父さんの歩みにつれてゆっくりと行き過ぎる光景を見ていた。

おじいさんは、とうとうこちらを見なかった。気づかなかったんではなくて、わざと見なかったんだと、クミコは思った。

クミコを怖がらせないように。

商店街を抜けたところで、クミコは言った。

「怖くなかったね」

お父さんはクミコの顔を見て、クミコと一緒になって泣き出しそうな目をして、笑った。

「な？」


帽子屋さんがお店を閉めたのは、それから間もなくのことだった。土地はまたすぐ更地にされ、玩具屋さんの地所を合わせて、どこかの不動産会社が買った。

クミコも、このごろはもう、ひとりで商店街を通り抜けるのが、少しも苦でなくなっている。あれから何度も、玩具屋のおじいさんを見かけた。玩具屋の敷地にいることもあれば、商店街のなかの別のお店の前に立っていることもあった。そうやっておじいさんが立っていたお店は、ほどなく売りに出されたり、間もなくお店を閉めるという噂が聞こえてきたりした。

玩具屋のおじいさん、お父さんの光男叔父さん、クミコの大叔父さんは、今まで一度もクミコの方を見たことがない。だからクミコも声をかけず、足を止めることもない。

今朝、回覧板が回ってきて、そこには「住民説明会のお知らせ」と書いてあった。商店街の近くに、今までこの町にできたスーパーを全部集めたよりも大きな複合大型小売店というのができるのだそうだ。その事前説明会をするのだそうだ。

お母さんは、行かないと言った。お父さんも、行く必要はないと言った。

「うちには関係ない。商店街の人たちが出る集まりだ」

でもクミコは、そろばん塾に行く途中で、ちょっとだけ、ほんのちょっとだけのぞいてみようかなと思っている。きっと、大叔父さんも来るだろう。そうして、集まった商店街の人たちには誰ひとり気づかれずに、やっぱり生前にテレビを観ていたときと同じ顔で、たぶんいちばんうしろの方で、集まりの様子を見守ることだろう。

そしたら、ちょっとだけ、ほんのちょっとだけ手を振ってみようと思っている。こっちを見てね――と、知らせるために。そして、クミコを見た大叔父さんが、

（怖がらせてごめんなぁ）

いう顔をしたら、ううん――と首を振って、

「あたしもごめんなさい。お父さんもごめんなさいって」

それだけ言って、駆け出してしまおうかと思っている。

チヨ子

話を聞いたときには、とても割りのいいアルバイトだと思ったのだけれど、やっぱり、世の中はそんなに甘くなかった。

「だいぶくたびれてるけどさ、でもこれ、顔は可愛《かわい》いだろ？　色もきれいだしさ。サイズが小さいんで、他の店員だと駄目なんだ。のぞき穴の位置がずれちゃうからさぁ」

あなたは小柄だからぴったりなんだと、店長さんは嬉《うれ》しそうに言う。

「わたしは友達から、お客さんに風船を配る仕事だって聞いてきたんですけど」

「そうだよ。仕事は風船配るだけ。そン時にこれを着てほしいわけよ。家族連れのお客さんには、ぜったい喜ばれると思うんだよね」

そうかなぁ……。

従業員用更衣室の壁に、いかにもくたびれましたという感じでもたれかかっているのは、ピンク色のウサギの着ぐるみだ。店長さんの言うとおり、テーマパークなんかで見かける普通の着ぐるみよりも、全体に小さい感じがする。

「これ、いつごろ買ったんですか」

「うーんとね、五年前だね。やっぱり創業五周年感謝バーゲンをやったときに、社長の奥さんがどっからか持ってきたんだよ。浅草で買ったって言ってたかな」

当時も、小柄な店員さんがこれを着て店の前に出て、風船やキャンディを配ったのだそうだ。

「それがとっても受けたから、この十周年記念感謝大バーゲンでもやろうってことになったわけよ」

当時はこの着ぐるみだって新しくて、色ももっとずっと鮮やかで、可愛かったのだろう。お母さんに連れられて買い物にきた子供たちを、大いに楽しませたかもしれない。

だけどね。今はこれ、見る影もないじゃありませんか。

五年間、ずっと倉庫にしまいっぱなしにされていたのだろう。陽《ひ》にあたってないせいか色はあまり褪《あ》せてないけれど、そのかわりあちこちに灰色の黴《かび》が生えている。二本の長い耳はくたくたとしおれて、右耳など、引っ張って持ち上げても、すぐにぺたりと倒れてしまう。ピンク色の身体に、ぽつりぽつりと白い点が散っているのは、倉庫を掃除する人が、この着ぐるみのすぐそばで、漂白剤のついたモップを振り回したのかもしれない。薬剤がくっついたところだけ、ピンク色が抜けちゃったのだ。ということは、この着ぐるみ、むき出しで倉庫に置かれてたの？

プラスチック製のふたつの目は、油じみた埃《ほこり》にまみれてすっかり曇っている。

「なんか臭い。ダニがいそう」

わたしの言葉に、店長さんはおおらかに笑った。

「今日一日、日向《ひなた》に出して乾かせば大丈夫だよ。よく叩《たた》いてやれば埃もとれるし」

触ってみると、表面がじっとりしている。着ぐるみの背中をさぐってジッパーを探し、開けてみると、内側はもっと湿っぽいようだ。おぞましくて、顔が歪《ゆが》んでしまった。

「だからさ、乾かせば平気だって」

先回りしてそう言うと、店長さんはぽんぽんとわたしの肩を叩いた。

「それじゃ明日ね。開店は十時だけど、九時までに事務室に来てください。よろしく頼むよ」

着ぐるみの手入れをしたいなら、駐車場の方でやってね。あそこなら日当たりもいいよ。上機嫌のまま、店長さんはとっとと逃げていってしまった。

わたしは、ふやけた着ぐるみと一緒に取り残された。腹が立つので、着ぐるみの鼻をつんとつついてやると、たったそれだけの動きで、中身のないウサギはよれよれと崩れ落ち、壁際に倒れてしまった。

まったくもう、やんなっちゃう。

貧乏学生には、アルバイト収入は命の綱だ。いい仕事があるよ、一日で一万円。スーパーのバーゲンセールの手伝いだからきれいな仕事だよ。声をかけてくれた友達の顔が、あのときは仏様みたいに見えた。でも取り消しだ。あいつは詐欺師だ、人買いだ。

せめてもう一日あれば、この小汚《こぎたな》い着ぐるみを持って帰って、丸洗いすることもできたろうに。ため息が出た。

「あらあら、バイトさん？　ご苦労さま」

更衣室で着ぐるみに足を突っ込んだところで、うしろから声をかけられた。ぽっちゃりとした顔をふくふく笑わせて、ちょうどうちの母ぐらいの歳《とし》の小母《おば》さんが立っていた。まっすぐロッカーに近づいて、扉を開ける。名札には「田中」とあった。

「そうなんです。一日だけですが、よろしくお願いします」

「こちらこそ」

田中さんはロッカーから取り出したライトブルーの制服に着替える。そしてわたしの着ぐるみを指して言った。

「それ、一人で着るの大変よ。手伝ってあげようか」

引っ張ったり伸ばしたり、二人がかりでもけっこうな手間だった。ようやく身体を収めることができたときには、わたしはうっすら汗ばんでいた。まだ完全にウサギになりきる必要はなかったので、頭の部分だけは、フードのように背中に垂らしてある。

「蒸し暑いし、これでけっこう重たいから、肩が凝るわよ。歩くときには足元に気をつけてね。普段の自分よりもふたまわりぐらい大きくなってるわけだから、思いがけないところにぶつかったりするの」

　実感のこもったアドバイスだ。

「田中さんも、着ぐるみを着たことがあるんですか？」

　小母さんは、狭いロッカー室に響き渡る明るい声で笑った。「うん。だって五年前にこれを着たのはあたしだもの」

　わあ、そうだったのか。そういえば、田中さんも小柄だ。

「五年のあいだにこのとおり、太っちゃってね」

　田中さんはおなかをぽんぽんと叩いた。おっしゃるとおり、ぷっくりしている。

「十二キロも増えちゃったのよ。それでも店長は最初、あたしにもういっぺんこれを着ろって言ったんだけどね。そんなの無理無理。他の人たちじゃもっと無理。でね、どっちにしろバイトさんを頼むことは決まってたから、だったらその人に着てもらおうってことになったわけよ」

　ごめんなさいねェと、陽気に謝ってくれた。わたしはえへらえへらと愛想笑いしながら、それだったら、せめてこのウサギさんを洗っておいてほしかったと、おなかの底で力を込めて考えていた。昨日、精一杯手入れしたけれど、やっぱり着ぐるみの内側はじめっ、、、としているのだ。腕や脚は、素肌が直《じか》に着ぐるみの内部に触れているので、すでにしてムズ痒《がゆ》い感じがする。

「頭もかぶってみる？　今のうちに歩く練習をしておいた方がいいわよ」

田中さんが着ぐるみの頭の部分を持ち上げてくれたので、わたしはそこにもぐりこむみたいに身をよじり、すっぽりとかぶった。

「どう？　視界が狭くなるから、ちょっと怖い感じがするわよね、最初は」

のぞき穴の位置に両目をあてて、わたしは更衣室のなかを見た。ロッカーが並んでいて、金網の入った窓ガラスが見える。確かに視界は狭まってしまったけれど、それほど苦には感じない。むしろ息苦しい方が気になった。空気穴は、顎《あご》の下にひとつ空《あ》いているだけだ。

「あら、可愛いわぁ」

田中さんは喜んでいる。動く気配がするし、声は斜め前の方から聞こえる。だけど姿が見えない。ライトブルーの制服が、どこにも見当たらない。

かわりに、ヘンなものが見えた。灰色の、むくむくした毛のかたまりだ。すごく大きい。田中さんと同じぐらいのサイズだ。それがわたしのすぐそばに立っている。

よく見ると、それはクマの着ぐるみだった。

「田中さん？」

「あたしはここよ。やっぱり見えにくい？」

灰色のクマの着ぐるみが、田中さんの声で返事をしながら、もっさりもっさりと動いてわたしの正面に来た。

田中さん。これ田中さん？　なんで着ぐるみを着てるの？　いつ着たの？

「あの……」

思わず手を伸ばし、灰色の毛に触ろうとしたら、身体がよろけてしまった。

「大丈夫？」

わたしを支えてくれた。田中さんの声でしゃべる、この灰色のクマさんが。

いったいどういうことだ？

「ちょっと、ちょっとこれをとってください！」

わたしは、まるで身体に火がついたみたいに悲鳴をあげて、ウサギの頭を脱ぎ捨てた。

すると目の前に田中さんがいた。ライトブルーの制服を着た、ぽっちゃりした小母さんがいた。びっくりして目を瞠《みは》り、しり込みしかけている。

わたしは息を切らしていた。

「どうしたの？　着ぐるみの内側に何かついてた？　虫でもいた？」

田中さんの問いかけを無視して、わたしはもう一度ウサギの頭をかぶった。かぶるときは目を閉じていて、

「田中さん、そこから動かないでね！」

「え？　ええ」

目を開けてみると、そこにはやっぱり灰色のクマがいた。

「あんたどうしちゃったの？」

田中さんの問いかける声が裏返る。灰色のクマが、何よびっくりするじゃないのという仕草《しぐさ》をしている。

着ぐるみの内側で、わたしはぽかんと口を開けていた。

「ちょっと――そのへんを歩いてきます」

わたしは手で壁を伝いながら、よろよろと更衣室から出た。

誰《だれ》もがみんな、着ぐるみを着ていた。

いえ正確には、着ているように見えるのだ。このピンクのウサギの着ぐるみをかぶり、のぞき穴から外を見ると。

出勤してくる店員さんたちが、着ぐるみを着たわたしの目には、ぬいぐるみの行進に見える。この人はネコ。この人はタヌキ。この人はおサルさん。ちゃんとしっぽもついている。店員さんは圧倒的に女性が多いので、それらのぬいぐるみたちはみんな可愛らしい声でしゃべり、女性の声で笑う。当然、動作も女性らしい。だから、少々怪しげなパブみたいな眺めでもある。コスプレ・パブっていうんですか？　その場合はセーラー服とか看護婦さんの制服か。ともあれわたしはいくつものぬいぐるみとすれ違いながら、スーパーの前までたどりついた。

そこには店長さんがいた。お店の正面の飾り付けを仰いでいる。店長さんのそばには梯《はし》子《ご》があって、そのてっぺんにのぼった男の人が、「創業十年大感謝祭」の横看板の位置を微調整している。

「もうちょっと上げて。あ、それじゃ上げすぎ。水平に、水平に」

　声が店長さんだ。梯子の上の男の人も、

「こうですか？　これでどうです？」

　答える声が男の声だから、男だとわかる。

　二人とも、姿は人間のものではなかった。だけど今度は、着ぐるみとも言いにくかった。

　プラスチックでできてるから。

　店長さんはロボットになっていた。えーとこれは、ガンダムですか？　梯子の上の男の人は、何だろ、何か戦隊ものみたい。ターボレンジャーとかかしら。

「店長さん！」わたしは大きな声を出した。

　ガンダムが振り返る。「おお、よく似合うねえ」

　わたしはすぽんとウサギの頭を脱いだ。するとガンダムもターボレンジャーも消え、店長さんと梯子の上の男の人がいた。店長さんは白いワイシャツにストライプのネクタイを締めている。梯子の上の人は作業着姿だ。わたしよりも年下くらいの、若い男の子だった。

　わたしはすぽんとウサギの頭をかぶった。おお、ガンダムとターボレンジャーが復活している！

「何だよ、着心地が悪い？」

「そんなことないです」わたしは一本調子に答えた。ぱちぱちとまばたきをして、目に入った埃をはらう。

これはいったいどういうことだ？

「失礼します」くるりと回れ右して、更衣室に戻ることにした。店長さんの声が追いかけてくる。

「どこ行くの？　そろそろ風船配りを始めてくれなきゃ困るよ！」

更衣室には鏡がある。わたしは鏡が見たかった。自分の姿がどんなふうに映るのか、どうしても確かめたかった。

店員さんたちはお店に出てしまっているので、更衣室にはもう誰もいない。わたしはウサギの頭をかぶると、ゆっくりと鏡の前に立った。

そこにはウサギの着ぐるみがいた。

でも、わたしが着ているのとは色が違う。鏡のなかにいるのは白ウサギだ。耳の形も違う。右耳が真ん中からぺこりと折れている。

それにわたしは、この白ウサギに見覚えがあった。これは――これは、とても懐かしい。

そうだ、チヨ子だ。

子供のころ、大好きだったウサギのぬいぐるみだ。いつも一緒に寝ていた。公園で遊ぶときにはおぶって出かけた。家族旅行にも、だっこして連れていった。

黒くて丸い、ふたつの目。左目はもともとついていたプラスチックのものだけど、右目は父のコートのボタンだ。チヨ子を連れて友達の家に遊びに行って、帰ってきたらとれてしまっていた。わたしが六歳ぐらいのときだ。

「チヨ子の目がなくなっちゃったぁ」

わんわん泣いて騒いで、母にうんと叱《しか》られた。そして、かわりにボタンを縫いつけてもらったのだ。だから、左右の目の大きさがちょっと違う。

鏡のなかの白ウサギは、そんなところまでチヨ子にそっくりだった。

わたしは自分の両腕に目を落とした。着ぐるみを通して見るわたしの腕は、チヨ子の腕になっていた。白い毛がすっかり擦り切れている。手首のところがほつれて、中身のパンヤがのぞいている。

これはチヨ子だ。間違いない。

チヨ子を忘れて、どのくらい経《た》つだろう。

チヨ子と遊んだり、抱いて寝ることがなくなっても、小学校の五、六年生ごろまでは、自分の部屋においていたはずだ。でも中学になり、高校になり、成長してゆくにつれて、わたしはチヨ子を忘れてしまった。くたびれた白ウサギのぬいぐるみを、こんなの子供っぽいって、部屋から追い出してしまったのだ。今ではもう、チヨ子をどこへやってしまったかさえ思い出せない。

うちの母はしまり屋だから、捨てるはずはない。きっとどこかにしまいこんでいるだろう。確かめてみなくちゃ！

久しぶりだね。忘れていてごめんね。わたしは自分で自分を抱きしめて、子供のときのようにチヨ子をだっこした。そしてそのとき、閃《ひらめ》いた。

他の人たちも、みんなわたしと同じじゃないのだろうか。

お店の人たちが着ている着ぐるみは、その人にとってのチヨ子なのだ。きっとそうだ。子供のとき大好きだった玩具《おもちゃ》。夢中になって、何時間でも一緒に遊んだ相手。添い寝して、夢のなかまで付き合ってくれた、大切な大切な空想の友達。子供たちにとっては、今現在の素敵な仲間。

このピンクのウサギの着ぐるみを着ると、それが見えるのだ。

わたしは大急ぎでお店に戻った。レジについた田中さんが、キーパッドに何か打ち込んでいる。

「田中さん！」

「はい。アラ」田中さんはぎゅっと顎を引いた。わたしのこと、ヘンな娘だと思っているに違いない。しょうがない、ついでだ。

「田中さん、子供のころ、灰色のクマのぬいぐるみを大事にしてませんでしたか？」

田中さんは今度こそ、身体ごと引いた。でも、かわりに隣のレジにいた女の人が、こんなことを言ってくれた。

「あら、それ何？　新しい占いか何か？」

「ええ、そんなものです」

「あたしは耳の長い犬のぬいぐるみが友達だったわよ。五歳の誕生日に買ってもらったの。結婚したときも持っていって、主人に笑われたけど、今でも大事にしてるわ」

その人は、耳が長くて垂れ目の犬のぬいぐるみに見えた。さすがに長い毛足が少し痩《や》せているけれど、ほつれたり汚れたりしていない。今も現役だからだ。

「そういう人には、好《よ》いことがありますよ」

「それが占い？」

「そうなんです」

わたしは意気揚々とお店の前に出た。店長さんはまだそこにいた。やっぱりガンダムだった。呼び込み用のマイクテストをしている。

「店長さんは、ガンダム好きなんですね」

「へ？」店長さんは目を瞠る。「何でわかるの？　僕はファースト・ガンダム直撃世代だからさ、そりゃハマりにハマったけどね」

「顔に書いてあります」

そうなのと首をひねる。ガンダムが首をひねっているのが、とても可愛い。でも、あたしの知る限りでは、ファースト・ガンダム直撃世代のなかでは、店長さんはけっこう年長だと思う。それってつまり、オタクってことかしら。

その日一日、風船配りをしているあいだ、わたしはさまざまな着ぐるみを見た。名前もわからないようなキャラクターも見た。やって来るお客さんたちは皆、何かを着ていた。店長さんの場合と同じで、それは着ぐるみみたいな形をしているとは限らない。若い女の人が、忍者の格好をしていることもある。赤影とかかしら。バービー人形やリカちゃんが歩いているので、びっくりしてウサギの頭を脱いでみると、小母さんだったりしてまた驚き！　腰の曲がったおじいさんが、野暮ったいユニフォームを着た野球選手の格好をしているのだけれど、妙にペラペラとして奥行きが薄い。あれはいったい何だろうとよくよく見て、そうか、メンコだと気づいて嬉しくなった。メンコは年配の男の人に多くて、横綱メンコもけっこう見かけた。

小さな子供たちは、わたしが知らないキャラクターになっていることが多かった。子供番組、観ないからなぁ。でもウルトラマンはやっぱり人気者だ。何かいたずらをしたらしく、お母さんに叱られてお尻《しり》をぶたれている男の子が、スパイダーマンだったのには笑ってしまった。映画を観たんだね。正義の味方は、お母さんの言うことをきかなくちゃダメだよ。

着ぐるみ——ぬいぐるみでは、いちばん人気はパンダのようだった。大人のお客さんたちのぬいぐるみは、ほとんどみんなが、どこかしら傷《いた》んで汚れていた。手がとれていたり、耳が切れていたりするものも多い。

思い出だけ残して、忘れ去られた玩具たち。捨てられてしまったものもあるだろう。ちょっと見て、何だかわからないくらい汚くなっているものは、きっとそういう玩具だ。

田中さんの言うとおり、着ぐるみを着て動き回るのはけっこうな重労働なので、休憩時間はひんぱんにもらえた。わたしは事務の人に頼み、接着剤をもらった。わたしのチヨ子のほつれているところを修理したかったのだ。本当は縫い合わせてあげたかったのだけれど、着ぐるみを着たままでは、細かい針仕事はできない。

「その着ぐるみ、どこも破れてないけど？」

接着剤をくれた事務の人は、不思議そうな顔をしていた。わたしは笑ってごまかして、更衣室でチヨ子に応急処置をしてやった。

午後三時ごろになると、だいぶ疲れてきた。一方で、ぬいぐるみと玩具の大行進にはすっかり慣れてしまった。もうどんなものがそこらを歩いていても平気だ。コンニチハと言って風船を差し出すだけだ。

と思っていたら——

一人だけ、普通の子供を見かけた。そちらの方が自然なのに、わたしはとても驚いた。中学一年生ぐらいだろうか。顎のちょっとしゃくれた、きかん気そうな少年だった。Tシャツにジーンズ、ブランドもののスニーカーを履《は》いている。

日曜日なのだし、このお店では文房具なども扱っているので、中学生が一人で来てもおかしくはない。少年がお客さんたちの流れに混じって店内に消えてゆくのを、わたしは目で追って見送った。

あの子には、小さいとき大切にした玩具がなかったのかしら。今も、何もないのかしら。まあ、そういうこともあるのだろう。わたしはまた風船配りに励んだ。

一時間ほどして、休憩をとろうと更衣室に戻りかけたら、奥の事務室がなんとなくあわただしい。通りかかった店員さんに、着ぐるみの頭を脱いで、どうしたんですかと尋ねた。

「万引きを捕まえたの」

店員さんは顔をしかめた。

「中学生なんだけどね。常習犯なのよ」

とっさにわたしは、さっきの、着ぐるみにも玩具にも見えなかった少年のことを思った。

「警察に報《しら》せるんですか」

「どうかな。まず親を呼ぶのが先ね」

しばらく後、冷たい物を飲み、汗をぬぐって着ぐるみを着なおし、わたしが店の前に出て行くと、タクシーが一台路肩に寄って、女の人を一人おろした。この人も、着ぐるみにも玩具にも見えなかった。タクシーの運転手さんはマグマ大使に見えるのに、女の人はどこまでも普通の人間にしか見えなかった。

顎の形が、あの少年に似ている。

きっとお母さんだ。

お店の奥へと消えてゆく。不機嫌そうな表情は、バーゲンに沸き立つ日曜日のスーパーには、ひどく不似合いなものだった。

夕暮れが近づき、ますますお客さんは多くなり、風船はなくなっても、チラシをまいたり、子供たちと握手したりして、忙しかった。が六時であがる約束だ。そろそろだな――と思っていると、あの女の人と少年が出てきた。

やっぱり母子《おやこ》だったんだ。並んでいると、本当によく似てるのがわかる。

二人して、何かに押しつぶされたみたいな、歪んだ顔をしている。顎の嚙み合わせが悪くなっちゃうよ。

二人はわたしのすぐ脇を通った。しゃにむにずんずん歩いているので、ぶつかりそうになってわたしは避《よ》けた。

そして気がついた。二人の背中に、何かくっついている。

埃のかたまりみたいなものだ。いや、煤《すす》だろうか。黒くてふわふわしていて、何か気持ちの悪いものだ。

はっとして、わたしは着ぐるみの頭を脱いだ。急ぎ足で遠ざかる二人の後を、何歩か追いかけて近づいた。

少年のTシャツの背中にも、お母さんのブラウスの背中にも、何もくっついていない。

わたしはウサギの頭をかぶった。すると、また二人の背中に黒いものが見えた。今度ははっきりと、手の形に見えた。鉤爪《かぎづめ》の生えた痩せた手。その指先が、少年とお母さんの肩を、後ろからつかんでいる。しかも、もぞもぞ動いている。背中を這《は》う蜘蛛《くも》みたいだ。

ぞっとして、わたしは震えた。

あれは何だろう？　何かとても、とても、悪いものだという気がする。

着ぐるみや玩具を着ている人たちには、あんな黒い手は張りついていなかった。誰も、あんな気持ち悪いものに憑《つ》かれてはいなかったのに。


更衣室で着ぐるみを脱ぐと、壁に立てかけた。ピンク色のよれよれしたウサギは、きょとんとした顔でわたしを見ている。

「ねえ、あれ何？　わたしに何を見せてくれたの？」

もちろん、着ぐるみは何も答えてくれない。

わたしは考えた。あの母子の背中にくっついていた、不気味な黒いもの。世の中に漂う、悪いもののことを。わたしたちは誰だって、それに憑かれる危険があるのだ。そして悪いことをしてしまう。万引きだって、そのひとつだ。

でも、ほとんどの人がそんな羽目にならないのは、身にまとっている着ぐるみや玩具たちに、守られているからじゃないのかな。

何かを大切にした思い出。

何かを大好きになった思い出。

人は、それに守られて生きるのだ。それがなければ、悲しいくらい簡単に、悪いものにくっつかれてしまうのだ。

このピンクのウサギの着ぐるみは、わたしにそれを見せて、教えてくれたのだ。

「あなた、凄《すご》いね」わたしは着ぐるみに話しかけた。

五年間、倉庫に置きっぱなしにされているあいだに、中身が空っぽのウサギさんのなかに、何かが宿ったのだ。悪いものではなくて、そう、清らかなものだ。それはずっと息づいていて、この着ぐるみに不思議な力を与えた。

これ、欲しいな……と思った。

店長さんに交渉して、売ってもらおうか。だって、これから先、都会で知らない人たちに混じって暮らしていくわたしにとっては、これ以上心強い武器はないじゃないか。かぶってみるだけで、悪い人を見分けることができるんだもの。

そのとき、壁にもたれていた着ぐるみの頭が、ゆらりと傾いた。触ったわけではない。動かしたわけではない。

——やめておきなよ。

わたしに向かって、着ぐるみがかぶりを振ったのだ。

急に怖くなって、わたしは着ぐるみから一歩離れた。着ぐるみのウサギは、今度は反対側にふらりと首を振って、元の位置に戻った。

今度も、触ったわけじゃないのに。

「そうだね。やめとくよ」

声に出して、わたしは言った。

「わたしにはチヨ子がいるもんね」

ピンク色のウサギの顔が、かすかに笑ったように見えた。

その晩、母に電話をかけた。チヨ子、チヨ子と騒ぐわたしに、母は面食らったみたいだ。

「チヨ子なら物置に入れてあるよ」

「持ってきて！」

ああ、よかった。お母さんはチヨ子をとっておいてくれたんだ。よかった。ごめんねチヨ子、物置なんかに入れっぱなしにして。

ごめんね、すっかり忘れていて。

「もしもし？　持ってきたよ。どうしようっていうの、これを」

「チヨ子、無事？」

「無事も何も……汚れてるけどね」

「手のところがほつれてない？」

母はちょっと黙ってから、答えた。「ほつれたところを、接着剤でくっつけてあるよ。これ、あんたがやったの？　不器用だねえ。はみ出してるよ。だけど、いつこんなことしたの？　接着剤、まだ新しいみたいだよ」

わたしは嬉しくなって、狭いアパートの壁に向かって笑った。

「お母さん、あたし今度の週末に帰るから、チヨ子、陽のあたるところに出しておいてやってね。絶対そうしてね」

「あんた、何言ってるの？　大丈夫かい？」

大丈夫だよ。わたしは笑いながら答えた。

「チヨ子のこと思い出したから、迎えに行くんだ！」

不思議な出来事に、わたしは高い日給よりも良いものをもらった。

あのピンクのウサギの着ぐるみは、また倉庫にしまわれたことだろう。次はいつ出番がくることやら。でも皆さん、もしも下町のスーパーで、着ぐるみを着る仕事をすることになったら、この話を思い出してみてください。

あなたの鏡のなかには、何が映るでしょうか。

いしまくら

1

「海砂《うみすな》地区八《はつ》ヵ《か》町《ちよう》町内会の皆様へのお願い」


皆様には、日頃から八ヵ町町内会の活動にご協力をいただきありがとうございます。

さて今年四月初旬以来、我が八ヵ町のなかに根拠のない噂話が広がり、特に学童のあいだに良からぬ影響が出ています。この噂話は、八ヵ町東北部にある〝たいと水上公園〟内に、今年一月の殺人事件で殺害された若い女性の幽霊が出没するというものであります。テレビ局が取材に来たことから話に尾鰭《おひれ》がつき、子供たちが幽霊を見るために深夜に水上公園に出入りし、またそういう子供たちを狙ったカツあげ行為、かっぱらい行為、痴漢行為なども横行し、教育上また治安上芳しくない状況を惹起しており、これは八ヵ町子供会連合会としても看過できない事態だと考えております。

小中学校の夏期休暇も間近な昨今、父母の皆様には、各家庭におきましてしっかりと子供たちにご指導をいただき、噂話に踊らされることのないよう、よりいっそうの慎重な教育監督をお願いいたします。

平成十年七月十五日

八ヵ町町内会連合会
会長　三島《みしま》　昭《あきら》

2

「お帰りなさい、お父さん」

帰宅した石崎《いしざき》が台所のテーブルで夕食をとっていると、珍しく麻子《あさこ》が階上《うえ》から降りてきて、リビングのマガジンラックに突っ込んであった回覧板を手に取りながら声をかけた。

「あらまあ」と、なぜかしら美弥子《みやこ》が笑う。

「お母さんは黙っててよ、あたしが話すんだから」と、麻子がこれまた含み笑いで答えた。石崎は警戒心が頭をもたげてきて、嚙んでいた飯を大急ぎで呑み込んだ。

時刻は午後十一時に近い。妻と娘はとっくに夕食を済ませている。日頃は、食事が終わると、麻子は二階の自室に引っ込んでしまい、石崎がこのぐらいの時間に帰宅しても、めったに顔を見せることなどない。一人娘のことなので、これではずいぶんと寂しいと石崎は思うが、美弥子によれば、子供だって中学生になれば自分の世界を持ちたがるものだし、どの家庭だって似たようなものだそうだ。

ところが、ごく希《まれ》に、麻子がこうして父親の帰りを待ち受けている時もある。そういう場合は、何かしらねだり事があるのだと踏んで、まず間違いはない。だから石崎は警戒するわけである。

前回こうして彼女がわざわざ降りてきて、父親に親しく声をかけたときには、どうしても犬を飼いたいとねだった。しかも、ラブラドル・リトリバーという種類の犬でないといけないと言う。石崎はペットの方面にはまったく暗く、仕事でもその関係の書籍を扱ったことがないので、ふむふむと聞いていたが、あとで美弥子の話を聞くと、純血種では子犬でも一匹数十万円する犬なのだという。とんでもないとはねつけたら、麻子にはずいぶんと恨まれ、その後十日間ほどは、朝食の席で顔をあわせても口をきいてもらえなかった。

さらにその前のねだり事は、自分ももう中学二年生になったのだから、専用の電話がほしいというものだった。石崎はこれも問答無用ではねつけた。麻子は二週間ばかり石崎を完全無視して暮らし、親の仇《かたき》を見るような目で親を見た。やはり美弥子によると、麻子の友達の大半は専用電話を持っているらしい。現代《いま》の子のことだから、むろん携帯電話で、昔のように高価《たか》い金がかかるものではないが、だからと云って子供の持つものではないと石崎は思うから、あくまで駄目だと押し切った。美弥子も母親としての立場から同様の反対意見を述べたようだが、彼女は何かというと石崎を盾にするヘキがあるので――お父さんがダメというからダメよ――麻子からの攻撃は彼が一身に受けることになるという格好に変わりはない。

つまり麻子のねだり事は、それ自体の処理は易しくても、後が怖いのである。

麻子は回覧板を手にして台所へ入ってくると、自分の椅子に座った。まだ口元がうふふと笑っている。美弥子も上機嫌のようである。石崎は急いで飯を食い終えると、妻の差し出した湯飲みを受け取った。石崎は酒に弱く、すぐにフラフラになってしまう性質《たち》だが、そのかわり日本茶党である。つましい生活のなかで、日常的に極上の玉露を飲むということだけが唯一の贅沢《ぜいたく》になっていた。

しかし今夜は、その玉露の香りも半減して感じられる。石崎はそわそわした。ここ一年ばかりで、父親にとってはめっきり扱いにくい存在になってしまった一人娘は、さて今夜は何を言いだすつもりなのだろうか。

「お父さん、この回覧板読んだ？」

麻子は回覧板を差し出した。古ぼけた回覧板の灰色の板に、B4サイズの紙が一枚、ぺらりと挟まっている。一見して、いつもながらの町内会のお知らせだとわかるものである。

「回覧板がどうかしたの？」石崎は言って、それを受け取った。

「まあ読んでみてよ」と美弥子が言う。

石崎はまだ警戒モードの状態だったが、内容を読んで驚き、それから思わず吹き出した。幽霊の出没騒動が起こっていること自体が初耳だったたし、そんなくだらないことのために、わざわざ連合会会長がこんな「お願い」を発行するなんて、かなり滑稽《こっけい》な感じがする。

「おいおい、なんだこりゃ」

「笑い事じゃないのよ」言葉通り、麻子は真剣だった。「うちの学校にも、夜中に水上公園に行ってカツ上げに遭って、殴られて怪我した子がいるんだもん。つい最近まで入院してたんだよ」

「え？　そんな大事になってるのか？」

石崎は笑いを消して、もう一度文面に目を落とした。

八ヵ町町内会というのは、文字通り、石崎家のあるこの岩田町を含む海砂地区の八つの町内会の連合会である。会長の三島氏は隣の石川町の町会長も兼ねており、地元で手広く不動産業を営む実業家だ。仕事柄、生活が不規則になりがちな石崎は、町内会活動にはほとんど参加したことがないが、三島氏個人とならば、若干の付き合いがある。一昨年の春、氏の尊父が米寿を迎えた記念に自叙伝を作り、その造本と発行を、石崎の勤める原島《はらしま》出版で請け負ったからだ。

原島出版は、日本史関係の学術研究本や史料本を主に扱う、地味で硬い出版社である。編集・営業・広告から総務まで、全部ひっくるめても社員数は二十二人。規模の大きい会社の少ない出版界でも、零細と言っていい。出版物の質と格調については業界でも折り紙付きだが、平成に入って間もなく始まったどん底の不景気で、本筋の出版物だけではどうにもやりくりがつかなくなってきた。そこで五年ほど前から始めたのが持ち込み原稿の自費出版を請け負うことだったのだが、皮肉なことに、現在ではこの部門がいちばん利益をあげている。特に自叙伝やエッセイの出版依頼が引きも切らない。自叙伝は年輩者、エッセイや雑文をまとめたものは二、三十代と、依頼を持ち込む人々に世代差はあるが、なべて世は「自分」を語ることに快感を覚える時代に突入しているらしい。

三島氏は、尊父の自叙伝を作るという案が持ち上がった頃に、本当にたまたま、隣町に住む石崎という男が出版社に勤めているという話を小耳に挟んだらしい。それでいきなり石崎家を訪ねてきた。本を出すなどどうやっていいかまるでわからない。専門家に聞くのがいちばんだと思ったという。歳は石崎よりずっと上で、当時すでに還暦だったが、大柄で活発で頭の回転も速く、何よりも率直な人柄が石崎には気持ちよかった。最初に会ったときには、石崎の原島出版が自費出版をやっているということまでは知らなかったようだが、その旨を説明すると、すぐに担当者を紹介してくれないかと言い出した。これも何かの縁だ、事業では縁を疎かにしてはいけない、大切なのは人と人の繋がりだと、大真面目に言ったものだ。これは三島氏の座右の銘であると、後になって彼の部下から聞いた。

そういう人物だから、町内会活動も熱心にやっている。連合会の会長も、その座に就いて、当時で丸十年を過ぎていた。三島会長は、下手な区議会議員よりも発言力があるのだという噂も聞いたことがある。むろん、怪しげなフィクサーとしてという意味ではなく、今までの実績と人望があるので、彼の意見はお役所も傾聴せざるを得ないという意味である。基本的に人が好くて世話好きで、なかでも子供が大好きなので、連合会会長のほかに、子供会連合会の会長も兼務して長い。本人の子供はとうに成人しているのだが、他に彼以上の適任者が見つからないのである。

そういう人物が、自分の名前で発行した回覧状である。文章も彼が練ったに違いない。うむ、確かにこれは笑い事ではないのだろう。文面を二度、三度と読み返し、三島氏の顔を思い浮かべてみると、石崎もそんな気がしてきた。

「そもそも、幽霊の元になった殺人事件てのは何なんだ？」

「ヤダお父さん、知らないの？」麻子は軽蔑のまなざしを向けてきた。「室町時代だの戦国時代だののことばっかりで忙しがってるから、現代のことはサッパリなんだね」

麻子の説明によれば、「それはそれは大騒ぎになった事件」なのだという。

今年一月十六日、成人式の翌日の早朝六時ごろのことである。水上公園に犬を散歩に連れてきた主婦が、東西に細長い公園のほぼ中央にある通称「じゃぶじゃぶ池」にさしかかったとき、池を横断する飛び石のところに、髪の長い女性の死体が引っかかっているのを発見した。女性は俯せになり、半身を飛び石のひとつの上に乗り出して、下半身はすっかり池の水に浸かっていた。キャメル色のコートを着て、真っ赤なミニスカートをはいていたが、靴は脱げていた。

主婦は真っ青になった。犬を引っ張って全力疾走し、最寄りの交番に飛び込んだ。遺体には近づかず、池の縁から見ただけだったが、一目で死んでいるとわかったという。確かに、真冬の朝に着衣のまま池に浸かる酔狂な女はめったにいないだろう。

警察が駆けつけ、その日の昼頃には、遺体の身元が判明した。水上公園のすぐそばに住む十七歳の女子高生で、前日夕方に家を出たきり帰らず、家族も心配していたところだったという。検死によると、彼女は身体のあちこちに真新しい殴打の痕があり、左肘《ひだりひじ》を骨折していた。頭にも打撲傷があり、これだけでも発見が遅ければ充分に致死的な傷であったそうだが、死因は意外なことに凍死であった。つまり、したたか殴られ、池に落ちたか落とされたかして、池の底か縁で頭を打って意識を失ってしまったために、真冬の凍るような水に浸かったまま凍え死んでしまったということだろう。酷い事件である。

記憶をたどってみると、石崎はこの頃、春先に出す資料本の、名うての遅筆の著者にかかりきりになっていて、単行本のために出張校正するなどというハードな日常をおくっていたために、家にはほとんど寝に帰るだけだった。新聞も読まずテレビも見ない。だから事件のこともさっぱり知らない。家では美弥子と麻子がしゃべっていたのだろうが、何しろ当時は、家のなかではほとんど会話らしい会話もしていなかったから、耳に入りようがなかったのだろう。

「テレビの取材も来てたのにねえ」と、麻子は笑う。

「お父さんは浮き世離れしてるから」と、美弥子も援護射撃をする。

石崎は頭をかく。「ワイドショウなんかでも取り上げたのか?」

取り上げたどころの騒ぎではないと、母娘は口を揃えて言った。

「あたし、レポーターの真野陽子《まのようこ》を近くで見ちゃったんだよ。ホント、二メートルぐらいの距離で」

真野陽子が誰だか知らない石崎は、ただ、それは凄いという顔をして先を促した。

「三日間ぐらいは、毎日取り上げてた。テレビ局のクルーが商店街とか学校のそばにも来てね。片っ端から撮ってた。いろんな人に話を聞いてね、サコちゃんなんかインタビューされたのよ。ほら、水上公園の隣のマンションに住んでるから」

サコちゃんは麻子の幼なじみである。

「そのあと、いったんは取材の人が全然来なくなって、静かになったの。だけど、死体が見つかってからちょうど一週間後に犯人が捕まってさ、それでまた大騒ぎ」

犯人は新宿区内のアパートに住む二十歳の大学生だった。被害者の女子高生の〝恋人〟で、被害者とはこの一年ほど交際していたが、別れ話を持ち出され、カッとなった末の凶行であったという。

「最初から殺す気はなかったみたいよ。殴ったら池に落っこっちゃって、ぐったりして水に沈んじゃった。怖くなって逃げちゃったって、まあそれだけのことだったんだって」

それだけのことという言い方はあるまい。殴るだけでも大変だし、本当に殺す気がなかったのなら、相手が水に落ちて気絶してしまったら、あわてて飛び込んで引き上げるのが人の道というものだろう。

犯人は成年なので、ニュースには名前も顔写真も出た。浅井祐介《あさいゆうすけ》という名で、麻子が見た限りでは、

「モサッとして頭悪そうな」

顔だったそうである。

警察が浅井祐介にたどりついたのは、ご多分に漏れず、被害者の携帯電話の使用記録がきっかけだったという。また、被害者が浅井と別れたがっていたことは、彼女の友人たちにとっては周知の事実だった。被害者の家族は、両親と二歳年下の弟だが、彼らも浅井の名前や素性、被害者とどの程度の付き合いなのかという細かい事情は知らなくても、彼女が若い男に〝つきまとわれて〟おり、実際にそれらしい若い男が深夜に家の外に車を停めて彼女を呼び出したり、彼女を送って帰ってきたりする光景を、何度か目にしていたという。ただし、彼女がその若い男に対し、正確にどんな感情を抱いているかということについては、まったく知らなかったし、知るつもりもなかったようである――と、これはワイドショウ情報だと断った上で麻子は説明した。

「妙な親子だな」石崎は言った。「年頃の娘のことだから、もうちょっと関心を持ってい

てもよさそうなもんだ」

麻子が意味ありげに目をくるくるさせた。「年頃の娘のことだからこそ、関心の持ち方が難しいのよ」と、生意気なことを言う。

「まあいいじゃないの。麻子、お父さんにお願い事があるんでしょう？　さっさと話さないと、お父さん眠くなっちゃうわよ」

そういえば明日の朝は早出なのである。

「だからさ、被害者の女子高生は一方的な被害者なわけ。嫌いになったボーイフレンドと別れたいって言っただけで殺されちゃったんだからね。それなのに――」麻子はゲンコツを握って振り回した。「犯人が捕まってしばらくすると、なんか良くない噂がたつようになったの。あの女子高生はエンコーやってたとか、シャブ中だったとか、歳をサバよんでフーゾクで働いてたとか」

エンコーとは何かと訊けば、援助交際だという。女子学生が成年の男と付き合って、お小遣いをもらうことだそうだ。シャブ中とは覚醒剤中毒のことだと石崎も知っていたが、その言葉が我が娘の口からスラスラと出てきたのにはショックを受けた。

麻子はいっこうに気にする様子もない。むしろ、瞳に正義感の松明《たいまつ》を燃やしている。

「そんなのみんな根も葉もないことなんだよ。だけど彼女はそういう女の子だったっていう作り話が広がってんの」

「なんでだね？」

「だからそれは、彼女がそういう女の子だったっていう方が安心だからよ。そういう不良だったから、あんなふうにして男に殺されたって仕方ないんだって考えたいからよ。彼女がとっても優等生で、近所でも評判の良い子だったらさ、そういう子が、執念深いボーイフレンドに殺されたっていうの、すごくショックで辛いし怖い話じゃない。だってそれって、自分だって自分の娘だって、ちょっと付き合う相手を間違ったら同じような目に遭うかもしれないってことでしょ？　そんなの、みんな怖いわけよ。だから彼女のことオトシメたいのよ。あんな目に遭ってもしょうがなかった女なんだって、そういうふうに切り捨てたいのよ」

なるほど――と思いながら、石崎はゆっくりと茶を飲んだ。

「おまえの言う〝みんな〟ってのは、どんな〝みんな〟なんだ？　近所の人たちか？」

「近所の人たちだってそうよ」麻子は自分の言葉に興奮したのか、口を尖らせる。「学校の連中だってそうよ」

「どの学校だ？　被害者の通ってた学校か」

「彼女の通ってた高校のことは知らない。板橋の方にある女子校だっていうけど」

「なんだ。知らないのか」

「あたしはこの地元の学校のこと言ってるのよ」麻子はますます怒る。「彼女はあたしと同《おん》じ中学《な》の出身なんだもん」

石崎はやっと納得した。つまりは日常的に、麻子の身の回りに、殺された女子高生の悪い噂が浸透しているというわけなのだ。その女子高生だって数年前には女子中学生だったのだから、出身中学校における彼女の記憶がそう古びてはいなくても当然である。

「彼女のこと担任した先生だってまだ学校にいるし……」

「その先生も噂の火元か？」

「一人はね」麻子はいっそう怒った目をした。

「数学の山埜《やまの》先生。中年のおっさん先生だけど、生徒の生活指導の担当でさ、もともとすっごいイヤなヤツなんだ。昔からアイツは手の付けられない不良だったんだなんて、平気で言い散らしてるの。すっごくムカツク。でも美術の小川《おがわ》先生は、やっぱ彼女のこと知ってる先生だけど、そんなことしない。女同士だからかな……」

「でもなあ麻子」

石崎は麻子の顔色を見た。このところ、父と娘の力関係はいつもこんなもんである。

「その噂がまったくのデタラメかどうか、現時点ではおまえにはわからないだろ？　ひょっとしたら本当に彼女はそういう女の子だったのかもしれない。そのへんのところは考えてみたことあるか？」

石崎としては、麻子がいっそう怒ることを予想しつつ発言したのだが、意外なことに彼女はちょっと目を伏せた。

「ホラね、麻子」美弥子が娘の顔をのぞきこむ。「お父さんはそう言うだろうって、お母さんの言ったとおりでしょ」

石崎にとってはさらに意外なことに、麻子はほんのりと頬を赤らめた。石崎は妻の顔を見た。美弥子は微笑している。

「麻子ったら、話しなさいよ。黙ってたらわからないじゃない？」美弥子が促す。娘は上目遣いに母を見て、妙にもじもじした。

美弥子はひとつため息をつくと、石崎の茶をいれ替えながら言い出した。

「麻子ね、最近ボーイフレンドができたの」

石崎は台所の椅子にきちんと腰掛けたまま、心のなかでがくんと体勢を崩した。それは話題が急に逸れたせいでもあるし、一見逸れたように見えるこの話題が実は今夜の本当の本題だったんじゃないかと、遅ればせながら気がついたせいもある。

「ボーイフレンドって、おまえ――」

それだけ言うのに、口があわあわした。

「悪い子じゃないわよ」美弥子が急いで言い足した。「うちにも来たことがあるけど、なかなかしっかりした良い子よ。きかん気そうでね。近ごろは軟弱な男の子が多いから、あういう子は貴重品だわね」

石崎は湯飲みに嚙みつくような勢いで、新しい茶をがぶりと飲んだ。熱かったが、ぐいと我慢をした。美弥子は全然わかっていないと思った。大事な十四歳の一人娘のボーイフレンドなど、たとえ財閥の御曹司であろうとも、石崎にとっては〝悪い子〟なのだ。〝ボーイフレンド〟という属性そのものが邪悪なのだから。

「加山《かやま》君ていうの」今度は麻子が父親の顔色をうかがいながら、ぽつりと言った。「加山英樹《ひでき》。バスケット部で一緒なんだ」

ああ、そうかいそうかい。石崎は再び茶碗に嚙みついた。

「加山君ね、その女子高生のことよく知ってるのよ。家が近所で、幼なじみなの」

石崎は思わず言った。「そんなわけあるまい。その女の子は十七歳だろ？　年上じゃないか」

「三つぐらいの歳の差なら、小さい時には関係ないわよ」美弥子がとりなした。「加山君も一人っ子だから、小学校の四年生ぐらいまでは、弟みたいに可愛がってもらったんだって」

「おまえ、その話をその加山とかいう子供に聞いたのか？」

美弥子はちょっとひるんだが、うなずいた。

「ええ、そうよ」

石崎には、加山英樹という少年がますます邪悪なものに思えてきた。付き合い始めてすぐに相手の母親に取り入ろうとするなんて、ロクな男じゃない。

「加山君の話によると、殺された女の子は、噂とは全然違う娘さんだったんだって。確かに高校に入ってしばらくのあいだは生活が乱れて、近所でも心配する人がいたらしいけど、でもそれは一時のことだったたって」

麻子も言う。「受験に失敗して、行きたくもなかった高校に行くことになっちゃったんだってさ」と、「それで学校行かなくなって、良くない仲間と付き合ったりして……。でも、二年生になってからはすっかり立ち直って、大学へ行きたいって一生懸命勉強してたんだって」

石崎は湯飲みをテーブルに置くと、そんなつもりなどなかったのに、気がつくと、深い深いため息をついていた。

「なるほど麻子の情報源は、そのボーイフレンドなんだな？」

母娘は顔を見合わせることで、石崎の問いに答えた。

「それでおまえ、なんだっていうんだ。ボーイフレンドと力を合わせて、殺された女の子の汚名をそそぐとでもいうのか、え？」

そう言って、石崎はアッハッハァと笑った。だから麻子が「うん」と答えたときにも、すぐにはその返事が耳に入らなかった。

「うん、そうしたいの」と、麻子はもう一度言った。「それを夏休みの自由研究レポートで、ある事件のその後っていうようなタイトルでまとめようと思ってるの」

石崎は笑いの形に口を開けたまま凍った。

「なんだって？」

石崎は、およそ麻子がやりそうもないことだと思ったから、さっきのような発言をしたのだ。だから笑ったのだ。それなのに、娘はいたって真剣な顔をしているのである。

「学校のみんなにもわかってほしいんだ」麻子は熱心に身を乗り出した。「こういうの、ひどいじゃない。死んだ人は言い訳も説明も、何《なん》にもできないんだよ。一方的に言われっぱなしじゃあんまりだよ」

「事件のあとすぐに、彼女の家族は引っ越しちゃったそうなのよ。現場が目と鼻の先だからね。辛かったんでしょうよ」

「だから、彼女の弁護ができる人もいなくなっちゃったのよ」

石崎は大声を出した。「だからって麻子が一肌脱ぐことはなかろうが」

「あなたもわからない人ね。だから主体は麻子じゃないのよ。加山君なの。麻子は彼の補佐役よ」

石崎は湯飲みに噛みつくだけではおさまらず、握りつぶしてやりたくなった。しかしどんなに強く握っても、湯飲みは割れなかった。

疲れたので、湯飲みをテーブルの上に戻した。本当に、急にぐったりと疲れた。

「うまくいけば、このレポートをみんなに知ってもらうことで、幽霊騒動の方も解決できるかもしれないんだ。だからあたしたち、すごくやる気あるの。学校のなかではもうずいぶん聞き込みをしたんだよ。成果もあがってるのよ」

麻子は一歩も退く気配がない。なかんずく彼女が当然のように〝あたしたち〟という表現をしたことに、父親はまた打ちのめされた。

「それでね、悪い噂と、幽霊の噂の出所は、だいたい見当ついてきたの」

石崎ははっとした。基本的には頭の良い男だから、物事のあいまいな部分や筋道の通っていない部分に気がつくと、放置しておくことができないのだ。

「その女の子の悪い噂についてはわかった」と、勢い込んだ。「しかしな麻子。そのことと、回覧板の幽霊騒動の話とはまったく違うぞ。彼女が幽霊になって殺人現場に迷い出るのは、生前の素行が悪かったからじゃあるまい？　殺されたからだ。非業《ひごう》の死に方をしたからだ。だからこの二つは全然別だ。それなのに、今のおまえの話し方を聞いてると、二つをごっちゃにしてるな。そりゃ、出発点が間違ってる」

麻子は笑い出した。「ごめんごめん。あたしの説明の仕方がヘタなんだ」

「二つの話は関係があるのよ」と、美弥子も笑う。

順番としては、殺された女子高生に関する悪い噂が広がり始めたのが先で、幽霊騒動は、そのちょっと後から始まったことなのだという。つまり幽霊の出没も、彼女に関する悪い噂の一環として登場したわけである。

「水上公園に出る彼女の幽霊は、男の人に声をかけるっていう評判なの」

麻子はまたぞろ怒ったような表情になった。

「つまり彼女がエンコー……売春してたっていう噂が下敷きになってるわけ。男好きでインランで、お金がほしくてしょうがないから、死んでからも化けて出て、夜あの公園を通る男の人がいると、おじさんあたしと付き合わない？　って、声をかけるんだって」

うっかり女の通行人の前に姿を現してしまった場合には、唾を吐きかけて立ち去るのだそうだ。石崎は一瞬、幽霊の唾というのはどんなシロモノなのだろうかと、どうでもいいことを考えた。

「あたしがスーパーの立ち話で聞いた話じゃ、彼女の幽霊はノーブラでノーパンなんだぞうよ」と、美弥子が凄いことをさらっと言った。

石崎は話の全体像が見えて、やっとこさ、回覧板の三島氏の文章のあの真面目さの理由《わけ》がわかった。地元の子供たちや若者たちは、ほかでもないノーパンの女子高生の幽霊が出るというので、こぞって水上公園に見物に出かけているのである。

なんというナサケナイ話だ。

「それでお父さんにお願いがあるんだけど」

麻子は父親の顔をじいっと見つめた。来た来た――と、石崎は覚悟した。

「あたしたちが絞り込んだ噂の出所の人は、三人いるの。夏休みに入ったら、あたしたちがその人たちにインタビューしに行くとき、お父さんに一緒についてきてほしいのよ」

夏休みのレポートのためとは言え、子供二人で出すのは剣呑《けんのん》だし、なにしろ石崎は編集者だから、人にインタビューをしたり、その要旨をまとめたりすることも得意だろうというのである。

「だけど、そんな肝心なことをお父さんに任せちゃ、おまえたちのレポートにはならないじゃないか」

「あら、書くのはあたしたちよ。お父さんはあくまでもサポーター。ね、いいでしょ？もしかして相手が怒ったりしたら、コワイじゃないの」

石崎は頭を抱えたくなった。麻子め、父親の弱い部分をちゃんと承知していて、しっかりピンポイント攻撃してくる。

「ね、いいでしょ？　お父さんお願ぁい！」

とどめの猫なで声バクダンに、父・石崎は結局陥落したのだった。

3

殺された十七歳の女子高生は、名を八田《はった》あゆみという。

麻子は生意気にも父親用のレジュメを作っていて、夏休みまであと五日ばかりあるから、それまでに予習しておいてねなどと言った。

「今までにわかってることをちゃんと頭に入れておいてもらわないと、あとで困るもん」

オマエは父親を何だと思っているのだと、石崎はちょっと立腹したが、やはり、結局はそのレジュメを読んだ。たまたま仕事の手が空いている時期だったので、編集部の机に向かい、原稿を読んでいるようなふりをして。

で、読みながら、麻子が意外にしっかりした文章を書くことを知って、嬉しくなった。やはり蛙の子は蛙だ、俺の血をちゃんと引いているのだ――。石崎は親バカなのである。

レジュメには、八田あゆみの写真のカラーコピーも添付されていた。去年の夏祭りのとき、近所の人と一緒に撮ったものだという。地元《ここ》の祭りは荒っぽいことで有名だが、近年では女性たちも勇ましく御輿を担ぐ。その写真でも、年代がバラバラの女性たちが頭にハチマキを巻き、半纏に白い股引、直足袋《じかたび》といういなせな装束で、カメラに向かってにっこりと笑っている。そのなかで、八田あゆみだけは、夏物の派手な花柄のワンピースを着て、長い髪を両肩に垂らしている。これも思いこみかもしれないが、ちょっと浮いた印象を、石崎は覚えた。

美人――と評していいだろう。目鼻立ちの整った娘である。写真の顔は、どうやら化粧をしているようだが、今時の女子高生には、この程度の化粧は珍しくない。通勤電車のなかで、朝っぱらから香水の匂いをプンプンさせている制服姿の女子高生と隣り合わせて閉口するようなことが頻繁に起こるご時世である。石崎の同僚など、隣の吊革につかまった女子高生の首筋に、くっきりしたキスマークがついているのを目撃したことがあると言っていた。ちなみにその同僚には娘がいない。常々それを残念に感じていたが、このときばかりはいなくて良かったと思ったそうである。

麻子は、レジュメの第一章で、八田あゆみが殺害された事件の事実関係を簡単にまとめ、いよいよ第二章から、噂の分類と分析にとりかかる。

まずは、あゆみの素行が悪かったという噂からだ。これは大別して三つに分かれる。

①援助交際（売春）をしていた。

②覚醒剤中毒だった。

③中学生時代に、万引きや不純異性交遊で何度も補導されている。

①の噂の補足として、あゆみは、犯人の浅井祐介とも、実は売春の客として知り合ったのだという説もある。あゆみは携帯電話でいわゆる「伝言ダイヤル」を利用しており、浅井との最初の接触もそれを介してのものであったという。

③については、加山英樹は全面的に否定しているという。もしもあゆみが本当に補導されるようなことがあったとしたら、その当時近所で噂にならないはずがないし、自分の耳にも必ず入っていたはずだ、だが自分はそんな噂は一度も耳にしたことがない、という。

麻子と加山英樹が学校内を聞き歩いてわかった限りでは、この補導の噂の出所は、麻子の怒りの対象にもなっている生活指導担当の山埜教師であるらしい。麻子たちが話を聞いた同級生たちは二十六人、このうち、十八人までがこの話を山埜先生から直に聞いたと証言している。十八人中十二人は、山埜教師が顧問をしている陸上部の部員である。

石崎はうーんと唸った。仮にこの補導歴が事実だとしても、山埜先生、教師としてはちと口が軽かったと言わずばなるまい。ただ、先生が軽率だったからと言って、このことが、話の真偽を見極める材料になるわけではない。補導の事実など、やはり聞こえのいいものではないから、家族も本人も黙っているに決まっている。ただ、学校は別だ。補導されれば学校にも連絡が行くからである。ご近所も幼なじみも知らないことを、生活指導の先生が知っていたとしても不思議はない。ただし、「何度も補導された」というところには注意が必要だ。実際には補導はたった一回かもしれない。噂が伝播するうちに、回数も積み増しされていったのかもしれない。

①と②の噂については、③のときほど簡単には調査が進まず、麻子たちは、上級生まで含めて、なんと六十八人から話を聞いている。みんな友人たちや家族から聞きかじったものを、そのまま、また友人や家族に話しているのである。

しかし麻子たちは、六十八人の証言者たちのなかに十三人、「週刊誌でそういう記事を読んだ」「そういう記事を読んだ家族から話を聞いた」と述べる学友たちがいることに着目した。そこで図書館に行き、事件当時の主要な週刊誌を片っ端から調べてみた。すると、

発行部数の多い大手出版社系の週刊誌二誌に、

——被害者は素行が悪く、薬物使用の疑いが持たれていた。

——金遣いが荒く、交際も派手で、伝言ダイヤルなどを利用しては、男友達と遊び回っていた。

という記述があることを発見した。

ここに至って、石崎は感心した。麻子め、なかなかやるではないか。

ちょうど昼時だったので、一旦レジュメを閉じると、石崎は外に出た。歩いて五分ほどのところに都立図書館がある。真っ直ぐにそこを目指して、問題の週刊誌二誌のバックナンバーを当たった。麻子が月号まで調べておいてくれたので、目当ての記事はすぐに見つかった。

文面を確認して、石崎はちょっと眉をひそめた。

確かに麻子が見つけ出したとおりの記事が載っている。が、麻子が引用している部分は、そのパートの全文ではない。どちらの文章の前にも、麻子がレジュメには引用しなかった大事な一文がくっついていた。この週刊誌の記事を書いた記者の情報源である。

——被害者の通っていた私立高校の関係者によると、

——学校関係者によると、
これは肝心要《かなめ》のところである。

石崎は急いで会社にとって返した。昼飯などどうでもいい。席に戻って麻子のレジュメを開く。

先を読み進んでも、レジュメには、八田あゆみの通っていた高校の話は出てこない。

これはいかん。石崎はかなりがっかりしたが、まあやっぱりそういうことなんだろうなぁと納得もした。

麻子は——というよりもこの調査のそもそもの仕掛け人の加山英樹は、幼なじみの優しいお姉さんの思い出が破壊されることに我慢ができなかったのだろう。だから、聞き取り調査を始めたのはいいが、その過程で、彼の内心の希望を裏切る可能性のある事実が出てくると、それを直視することができないのだ。麻子のこのくだりの記述には、八田あゆみの高校の担任の先生と話したとか、連絡をとったとか、彼女の高校での同級生に接触してみたという文章は、出てこない。これからそれをする予定だという記述も、出てこない。

会って話を聞いてみれば、高校の先生も、同級生も、中学の人びとと同じようなウソや誇張した作り話に踊らされているだけなのかもしれない。しかし、それだって会って確認してみなければわからないことだ。高校生の八田あゆみの生活の実態にいちばん近いところにいたのは、高校の関係者だ。その大切な要の部分を切り捨てて、噂はみんなデタラメだと義憤に燃えるのは、ちと早計に過ぎるし子供じみている。まあ、麻子も加山英樹も実際に子供なんだから仕方ないのだが。

人間は変わるものだ。変わらないでいようと決心しても変わってしまうものだ。だから滑稽だし、哀しいし、味わいのあるものなのである。ご近所の面倒見のいい優しいお姉さんだって、可愛い弟分のまったく知らないところで道を踏み外すこともある。麻子ぐらいの年代の少年少女たちは、自分たち自身がまさにその変化のまっただ中にいるが故に、かえってそれに気づかないのだろう。自分は停まっているのにまわりが動いていると思う。それは錯覚で、動いているのは自分の方なのである。

レジュメの第二章の、八田あゆみの悪い噂に関する調査のくだりは、週刊誌二誌の記事を見つけたところで、さながら鬼の首をとったような弾んだ結論を出して終わっている。悪いのは週刊誌だ！　石崎は自分で思った以上に落胆して、続きを読む前に一服しなければならなかった。ついでに、会社のすぐ近くの蕎麦屋で昼食をとった。なんだかもそもそした味がした。

席に戻って、第二章の続きを読み始めたときには、石崎にもだいぶ心構えができていた。麻子が歳のわりに立派な文章を書き、調査能力もありそうだということで、いささか浮かれていたのを反省したのだ。書かれたものを読んで、その弱点や補強点を見つけるのは石崎の仕事のうちである。できるだけ冷静に事にあたるべきだ。こっちもプロなのだから。

第二章の後半は、幽霊の噂の出所調査について書いてある。こちらの噂は、素行の噂に比べるとバラエティに富んでおり、麻子も分類に苦労している。それでもなんとか分けてみると、五種類になる。

①女子高生の幽霊がじゃぶじゃぶ池の脇に立ち、手招きをする。

②制服を着た女子高生の幽霊が、じゃぶじゃぶ池のなかで泣いている。幽霊と知らずに声をかけると、追いかけてくる。すごく足が速い。追いつかれると祟られる。

③下着姿の女子高生の幽霊が、水上公園を通る男性に、付き合わないかと声をかける。断ると消えてしまう。女性の場合は、唾をかけて消える。

④ミニスカートをはいた女子高生の幽霊が、じゃぶじゃぶ池のそばに立っている。下着を着けていないので色っぽい。

⑤のっぺらぼうの女子高生の幽霊が、水上公園のなかを歩いていて、通行人を見ると追いかけてくる。追いつかれると溺れて死ぬ。

石崎は苦笑した。

騒動を起こす元になっているのは、やはり③と④のバージョンの噂だろう。①、②、⑤の噂には、いわゆる都市伝説の影響がはっきりとうかがわれる。足が速くて追いかけてくるなどというあたりは、まるで昔の「口裂け女」ではないか。

五つのバージョンは、それぞれに複数の証言者があり、番号の下に数字が打ってある。しかしその脇に、どこにもくることができないバージョンのものとして、二種類のバージョンが添えてあった。

⑥じゃぶじゃぶ池のそばに、殺された女子高生の幽霊が出る。真っ青な顔をしていて、手に巾着袋を持っている。

⑦ミニスカートをはいた女子高生の幽霊が、水上公園のなかをさまよっている。とても哀しそうな顔をしていて、通りかかる人に供養をしてもらいたがっている。

⑥のバージョンの証言者は一人だけで、名前まで書いてある。水上公園の向かい側の公営住宅に住む、朝倉琢《あさくらたく》己《み》という青年である。しかもこの青年は、他の証言者たちとは違い、幽霊の噂を聞いたのではなく、彼自身が幽霊を見たのだという。五月下旬のことだったという。深夜の一時頃に水上公園を通っていて、幽霊と遭遇した。別に危険は感じなかったそうだ。

朝倉青年は、海砂地区にある学習塾で講師をしている。したがって最初に彼がこの目撃談を披露したのは、彼の生徒たちに対してだった。この頃には既に、幽霊の噂は相当広く伝播していたし、朝倉講師が自身の体験をうち明けたのも、授業の始まる前に、塾の生徒たちがしきりとその話で盛り上がっていて、先生はどう思うなどと持ちかけられたからだった。噂話しか知らない生徒たちは、意外にも朝倉講師がその目で幽霊を見たということには興奮したらしい。

ただひとつ、その幽霊が「巾着を持っていた」という話には、皆《みんな》して首をひねった。

実際、女子高生の幽霊が手に何か持っているという形のバージョンは、後にも先にもこの朝倉バージョン以外に存在していない。それに、持つに事欠いて「巾着」というのがまた突飛である。だからこのバージョンの話そのものは他には流布していないが、「朝倉先生が巾着を持った幽霊を見た」という話自体は、知っている生徒たちが多い。当の先生も、「巾着」については記憶が曖昧のようで、最初のうちこそ大真面目だったが、すぐに、やっぱりあれは見間違いだったかもしれないというふうに訂正にかかったということである。また、生徒たちのなかには、そもそも先生の目撃談そのものが作り話だろうと思っている子供もいるそうだ。

⑦の「哀しい顔」バージョンは、三人の証言者がいる。いずれも体験ではなく伝聞だが、石崎は、この三人は三人とも心優しい性格か、両親が信心深いのだろうと考えた。

さて、第三章に至って、麻子はいよいよ今後の計画について説明する。

「突撃インタビューをする相手」として、

・クリーニング屋の石井《いしい》さん

・山埜先生

・朝倉琢己さん

三人の名前があがっている。

クリーニング屋の石井さんというのは、美弥子もよく言っているあの店のおかみさんのことだろう。町内でも〝放送局〟として有名なご婦人である。あることないこと実によくしゃべるし、また都合の悪いことはコロリと忘れる。

麻子たちの調査でも、八田あゆみの中学時代の素行の悪さについての噂の中継増幅地点となっているのも、この石井さんであることが浮かび上がってきたのだそうである。石井さんはあゆみのお母さんの男癖が悪かったことまで吹聴《ふいちょう》していると、麻子は、ここでビックリマーク付きの但し書きを書いている。オコッとるわけだ。

気持ちはわかるが、これはまずいと石崎は思った。どんな共同体にも、こういう〝放送局〟が一人や二人はいるものだ。いちいち撲滅していてはキリがないし、だいたいそんなことはやるだけ無駄である。それこそ名誉毀損の裁判でも起こさねば気が済まぬというくらいの大問題でない限り、放っておくのがいちばんだ。

石崎だって、石井のおかみさんによると、「いつ倒産するかわからない貧乏出版社の万年ヒラ社員」であるそうで、「それが証拠に、石崎さんの背広はぜーんぶペラペラの安物で、裏地なんか継ぎ当てでだらけ」だそうなのだが、美弥子はただの一度も石井クリーニングに洗濯物を頼んだことはないそうなのである。だって下手なんだもの、と言う。クリーニング屋のおかみさんの言うことなんか、シンから真面目に聞く人はいないわよ、とも言う。

二人目の山埜先生は、まあ、どうしても直撃したいというなら一緒に突撃してもいいが、あんまり愉快な結果にはならないと思う。それに、八田あゆみの補導歴についてならば、ほかにもっとストレートに知る方法がある。石崎には多少のあてがないでもない。

三人目の朝倉琢己は、幽霊をその目で見たという貴重な証言者だから、会ってみるのも面白いだろう。若者だから、麻子も話しやすいかもしれない。ただしこの青年が、精神世界だの超常現象だのにおかしなかぶれ方をしている御仁ではないという保証はない。人は自分の見たいものを見る。話題の幽霊を見たいと思えば、本当にくっきりと見てしまうのが人間なのだ。

石崎はレジュメを閉じ、目をこすった。週刊誌の記事のニュースソースを黙殺した時点で、麻子の——麻子たちのこのレポートの存在価値は失くなった。価値が失くなったというのが言い過ぎなら、「彼らの求めている意義は失くなった」と言い換えてもいい。父親として、そして文章で著されたものを世に問う仕事をしている編集者の一人として、そのあたりのことを、ひとつじっくり麻子と話し合ってみなくてはなるまい。

「いやに熱心じゃない。何読んでるのよ？」

うしろから声をかけられた。沢野《さわの》女史がのぞきこんでいる。石崎より八年先輩の有能な編集者だ。入社したばかりのころは、ずいぶんとこの人に仕事を教わり、そのうちに、子育てのことでも、夫婦喧嘩《ふうふげんか》の収め方でも教えを請うようになった。石崎にとっては、大人になってからは実の姉よりも頼りになる姉御である。

心の端に、麻子がけっこういい文章を書くということへの誇りは積もっていた。むしろそのことを言いたくて、石崎は話し始めた。沢野女史は最初は机に寄りかかっていたが、やがては手近な椅子を引き寄せて座り込み、真剣に聞いてくれた。

「子供のやることだからね」石崎は照れ隠し半分で、笑いながら話を結んだ。「ま、ほころびもでっかいですよ」

沢野女史は真顔のまま首を振った。「そんなことないわよ、麻子ちゃん、大したものよ、あたしはなんか、感動しちゃったわ」

「そりゃ大げさだ」

「父親のくせに、わかってないわねえ、確かに、週刊誌の記事のことはチョンボよ。でも、さわやかじゃないの。今時、こんなまっとうな子供は少ないよ、それにね――」

女史は身を乗り出した。

「あたしが何よりも感心したのは、あなたが麻子ちゃんに、なんでそんなつまらない作話が横行するんだって訊いたときの、彼女の答えよ」

――みんな安心したいからよ。

――だから彼女のことをオトシメるのよ。

「本当に彼女の言うとおりよ。だけど、これって、ちょっくらちょっと中学生の考えつくことじゃないよ。偉いよ」

「そうですかねえ」石崎は照れた。

「あたしはホラ、去年からずっと、江戸期の民間伝承を集めた本を作ってるでしょう？」

大部の著作である。著者は民俗学者だが、この著作全五巻を書き上げるまでは、新しいフィールドワークには出られないそうだ。

「そのなかに、『石枕』という話があるのよ。古典的なパターンの話でね――」

山中で道に迷った旅人に宿を貸す親切な夫婦がいる。ところが実はこの夫婦は、疲れた旅人に食事と風呂を勧め、安心した旅人がすっかり寝込んだところを殺して金品を奪っているのだった。

「旅人に勧める寝床の枕が、石でできてるわけよ。で、そこに寝ている旅人の頭を槌で打って殺すというわけ」

具体的に想像すると恐ろしい。

「ところがこの夫婦には娘がいてね。両親のそういう非道な行いをやめさせたいと思う。で、ある時、こっそり旅人とすり替わって、自分がその石の枕に寝ているの。それと気づかない夫婦は彼女を打ち殺してしまう。ああ我が娘だと気づいて嘆くけど、後の祭りでしたという話ね」

つまりは因果応報、悪いことをすれば、それは回り回って必ず我が身に返ってくるという訓話に近い口碑伝承である。

「先生と話したのよ。こういうものの考え方は、日本人の心のなかにどっしりと根付いていて、ちょっとやそっとじゃ消えないと思っていたけれど、近ごろの世相を見ていると、どうやらそれは間違っていたらしい。あと十年もすれば、悪いことをすれば罰があたるなんて話は、昔話の絵本のなかからも姿を消してしまうだろうねって」

石崎もそれは同感だ。平気で人を殺したり傷つけたりしてはばからない人間の、特に若者たちの、なんと恐ろしい勢いで増加していることか。

「でも、面白いね。面白いなんて言ったら不謹慎だけど、興味深い。悪いことをすれば必ずその報いがくるという考え方のベクトルはすたれたけど、その代わり、ひどい目に遭った人間には、きっと何かそうなっても仕方のない悪い要素があったんだというベクトルが機能し始めているわけだ。だって、犯罪の被害に遭った人のプライバシーなんて、ほとんど無視されてるもんね。それでもみんな、無礼を承知で詳しく知りたがる、報せたがるのは、そのなかに何か、自分とは違う〝悪い〟要素が見つからないかと思うからよ。インチキな宗教の中には、災難に遭う人はみんな行いが悪いんだ、あれは報いだなんて言うものもあるしね」

女史はちょっと顔をしかめた。

「それって、ひっくり返して考えれば、ほとんど咎《とが》が無くても殺されたり傷つけられたりする人が増えていて、自分だっていつそうなるかわからないという不安が、あたしたちみんなのあいだに広がっているということでもあるんでしょうね」

「そうですね……」石崎は腕組みした。

「水上公園で殺された女の子は気の毒だけど、でも、犯人が捕まっただけまだいいわよ。今年の連休明けだったかしら、うちの方でやっぱり若い女の子が殺されたの。短大生だったかなあ。あのへん、小さな大学や専門学校が多いのよ」

女史の自宅は中野区のはずれにある。

「夜中のことだったし、通り魔だったようでね。今のところ犯人は捕まってないわよ。絞め殺されたんだって。現場は荒れてて、そりゃ大変だったそうよ。女の子の方だって、必死に抵抗したろうからね」

嫌な世の中よね――と言って、女史は席を立った。それをしおに、石崎もレジュメを鞄《かばん》にしまった。

その日は仕事が定時に終わり、昨夜のような酒席の誘いもなかったので、石崎は真っ直ぐ帰宅した。夏の陽は長い。地下鉄の階段をあがっても、まだ明るい夕暮れだ。ふと、水上公園の現場を見て帰ろうか、と思った。たいした寄り道になるわけでもない。

じゃぶじゃぶ池のあるあたりには、もうずいぶん長いこと行っていない。発見者の主婦のように犬でも飼っていれば散歩の習慣もつくのだろうが、なにしろ座職だし、忙しいときには死ぬほど忙しいので、歩く機会自体が減っているのだ。

東西に長い水上公園には、入口も複数ある。だいたいの見当で、じゃぶじゃぶ池に近そうなところから公園に入った。この季節、やたらに公園のなかを歩いてゆくと、藪蚊に食われてかなわないだろうと思ったのだ。

ところが、公園に入って植え込みのあいだの歩路をちょっと進んでゆくと、制服を着た巡査と、二、三人の男性が輪になってなにやら盛んに話をしているところに行き合った。見ると、話の輪のなかに三島会長がいる。向こうもこっちに気づいて、おおと手をあげた。巡査は傍らに自転車を停めている。石崎は一瞬嫌な感じがした。

「また何かあったんですか？」

会釈をして近づきながら、大声でそう訊いた。残りの男性二人も、町内会活動の世話役のようだ。顔を見た覚えがある。

「違う、違う。パトロールの打ち合わせですよ」三島会長は丸い顔にいっぱいの汗を浮かべて言った。「今夜は縁日だからね」

「それは……ご苦労様です」

「子供らはしょうがないですよ」と、開襟シャツの男性が言った。

「幽霊なんざ、最初《はな》からいるわけないのにね」と、巡査のすぐ隣の男性も言う。「人間は死んだらそれまで、悪さなんかしやしない、怖いのは生きてる人間の方だって、あたしなんか口をすっぱくして言ってるんだけども、ダメだねえ」

彼らは手に地図を持っていた。水上公園の案内図である。赤鉛筆と青鉛筆で、二つのルートが引いてある。

「子供らも幽霊を怖がってるわけじゃないみたいですよ。面白がってるんです」と、石崎は言った。男たちは苦笑いした。

「今日はお早いですね。これからどちらかへ？」

三島会長に尋ねられて、石崎は困った。今さら、現場を見に来ましたとは言えない。

「あんまり暑いんで、公園のなかを歩いた方が涼しいかと思いまして」

「はあ、そりゃいかんですよ。蚊に食われる」会長は太い腕をボリボリかいた。

石崎は早々にその場を離れることにした。入ってきた入口へ戻るのもおかしいので、彼らの脇を通り過ぎ、次の出口で出ることにした。しかし案外と次の出口が遠く、なかなか見つからない。どんどん家から離れてしまう。やっと見つけて公道へ出たときには、汗びっしょりになっていた。

――おや？

水上公園はうねうねとカーブしている。だから、出口がひとつ違うだけで、所番地がずいぶんと変わってしまうことがある。石崎は足を止め、ハンカチで汗を拭いながら周囲を見回した。

古びた小さなビルが建ち並んでいる。倉庫も見える。時間貸しの駐車場の看板が、ようやく沈もうとしている太陽を照り返している。

石崎はふと思い出した。

——そういえば
——確か、この近くにあるはずなんだがな。もう営業してないだろうけど。

道に沿って歩きながら、石崎は看板を探した。いや、ネオンというべきか。陽のあるうちは明かりが点いてないだろうが……。

——あった。

わずかに右肩下がりになったネオンが見える。「アルハンブラ」と、金釘文字みたいなカタカナだ。その建物は三階建てで、少しばかり中世の城みたいな趣があり、しかし近寄ってみれば一目でわかる安普請で、素性が知れる。

ラブホテルなのである。

石崎は建物の前まで行ってみた。入口のゲートはふさがれ、材木を十字に打ち付けてある。貼り紙があったようだが、剝がれたか剝がされたか、紙の四隅にちぎれた痕跡が残るだけである。

やはり廃業したのだ。それとも倒産したか。いずれにしろ、だいぶ以前のことのようだ。

地元では蛇蠍《だかつ》のように嫌われた建物だった。そもそもなぜこんな場所に、ぽつんと建ったのかわからない。それでもできたばかりのときにはかなり賑わったようで、週末にはよく「満室」の掲示が出ていたものだ。

もう十七年も昔のことになる。むろん麻子の生まれるずっと前だ。石崎と美弥子の新婚時代である。二人でここを利用した。後にも先にもたった一度きりだった。

当時、石崎と美弥子は石崎の両親と同居していた。家は場所こそ変わらないが、建て替え前で、今の半分の広さもなかった。自然、新婚夫婦にとっては何かと窮屈なことが多かった。

そして、「アルハンブラ」が地元の猛反対の嵐のなかで誕生したのも、ちょうどそのころのことだったのである。チラシを投げ込まれて、石崎の母親は烈火の如く怒った。しかし美弥子はそれを見て覚えていた。結婚一周年の記念日に、そこへ連れていってほしいと、こっそりねだったのだ。

――今までラブホテルって行ったことないのよ。一度行ってみたいと思ってたの。開店したばかりだから、きっとすごくキレイよ。しかもサービス料金よ。

口ではそんなことを言ったが、要は夫婦水入らずの時間がほしいという願いだった。しかし安月給の石崎には、旅行などという洒落たことは望めない。それは、当の美弥子がいちばんよく承知していた。

結局、両親には映画を観に行くとウソをつき、そろって出かけた。映画館なら近くのJRの駅前にある。おまけに深夜には上映しない。だから、ウソをついた手前、夕方に出かけなければならなかった。

ＪＲの駅前に出るときには、いつも自転車を使っていた。ウソをまっとうするためには、やっぱり自転車を使わねばならぬ。二人して大真面目な顔で自転車にまたがり、家を離れるにつれ、笑いが止まらなくなってきた。おかしくておかしくて、涙が出そうなほどに笑い転げ、自転車はよろけて右へ寄ったり左へ寄ったりした。すれ違う人びとの目には、なんともおかしな光景だったろう。

石崎はよく覚えている。現在水上公園になっているところは、当時はまだ運河だった。その運河沿いの道に出ると、人通りも急に少なくなる。そこで道端に自転車を停め、美弥子の自転車はそのままに、石崎の方に二人乗りして行くことにした。そうしたいと、妻が言ったのだ。

——あたし、嬉しくて嬉しくて。

美弥子はそう言って、石崎の背中にかじりついた。

石崎も嬉しかった。残暑の厳しい九月初旬のことで、アスファルトの道路にはまだ、茜色の陽光が照り返していた。そのなかを、二人して歌を歌いながら「アルハンブラ」目指して漕いで行った。美弥子の髪からはシャンプーの匂いがした。二人とも若かった。

その後一年ほどして、両親は長兄の赴任先に引き取られ、今の家を石崎と美弥子に渡して、同居は終わった。両親と一緒に住んでいるあいだは子供ができず、石崎の母にたびたび嫌味を言われながらも耐えていた美弥子が、同居を解消したとたんに妊娠したことも、石崎には辛かった。今までずいぶん可哀想なことをしていたのだと思った。

そして生まれたのが麻子である。彼女がもう十四歳になる。十四年が過ぎて、「アルハンブラ」は廃墟になり、思い出だけが残った。その思い出さえも、こうして偶然この建物の前に立つことがなければ、石崎の心の底で眠ったままだったことだろう。

「アルハンブラ」の閉ざされた門の前で煙草を一服し、吸い殻をいつも持ち歩いているポケット灰皿のなかに落として、石崎は家に向かった。ようやく夕暮れになりつつあった。

4

麻子には、一週間だけ時間をくれと言った。お父さんは考えたいことがある。しかしおまえはなかなかいい文章を書く。

誉められて、麻子は喜んだ。石崎が何を考える時間がほしいのか、突っ込んで聞きたそうだったが、無理押しはしてこなかった。

石崎が一週間の時間を必要としたのは、求める相手がなかなかつかまりにくい人物だったからである。警視庁の捜査一課の刑事ともなると、凶悪事件の多い昨今、自宅にさえロクに帰れないらしい。

その人物は、名を北畠《きたばたけ》義美《よしみ》という。正確な年齢は知らないが、石崎より五、六歳上というところではないか。女の子のような可愛い名前だが、むろんごりごりの中年オヤジだ。

十年前、原島出版で、明治から昭和初期にかけての有名な猟奇事件ばかりを記録した風変わりな本を出したことがある。その際、著者の希望で、当該事件の起こった場所を管轄する所轄警察署をいくつか取材に行った。北畠刑事はそのころ大崎警察署にいて、そこで知り合ったのである。非常によく本を読む人物で、歴史が大好きだった。世話になった礼に本を送るようになったのがきっかけで、個人的な付き合いが始まった。と言っても、お互いに忙しい身体だから、年に数回、新宿あたりの居酒屋で飲むのがせいぜいで、それさえも、三年前に北畠刑事が警視庁に異動してからは難しくなっていた。

案の定、北畠はなかなかつかまらなかった。やっと本人と連絡がとれたのは、明日から夏休みという七月の十九日のことだった。麻子との約束の期限まで、あと二日しかない。

いつも行く店で落ちあった。北畠は十分遅れてきた。出がけに電話につかまったそうだ。少し白髪が増えていた。北畠は石崎が少し太ったと言って、それから奥さんとまあちゃんは元気かと訊いた。北畠にも、歳は違うが朝子という名の娘がいるのである。石崎は、あれは元気すぎるぐらい元気だといい、チョウちゃんはどうかと訊いた。実は近々嫁にゆくと北畠は答えた。二十歳になるそうである。俺はマセていたから早婚だった、娘にもそれが遺伝したらしいと、北畠はしきりに照れた。

ひとしきり娘の嫁入り話を聞いたあと、あまりメートルがあがらないうちに、石崎は本題を切り出した。鞄の底から麻子のレジュメを取り出して、説明にかかった。

北畠は人から話を聞き出すのが商売である。実に要領よく聞いて、それからさっさと麻子のレジュメを読んだ。ほとんど表情を変えず、一旦読み終えてからおもむろにレジュメの真ん中をめくり直し、丹念に読み返した。第二章のあたりのように、石崎には見えた。

北畠がレジュメをテーブルに載せた。石崎が、実は、八田あゆみの素行が本当に悪かったのかどうか知りたいのだが――と、話を切り出す前に、かなり鋭い口調で訊いた。

「これ、ちょっと借りておいてもいいか？」

石崎は仰天した。「何かまずいことでも書いてあったかい？」

北畠は肉厚の手をひらひらと振った。「そんなことじゃない。でも大事なことだ。これを貸してもらえると、非常に助かる」

そして生ビールをぐいと飲むと、鼻の下に泡のヒゲを生やしたまま、生真面目な顔になって言った。

「まあちゃんは大した娘だ」

それから三日後のことである。石崎が外から帰ってくると、沢野女史が大声で呼んだ。美弥子から至急の電話がかかっているという。

何事だろうかと出てみると、

「あなた、編集部にテレビあるわよね？」

「あ？　あるよ」

「つけてみて、つけてみて、ニュースを見て！　早く早く！」

言われるままに、編集部のオンボロテレビのスイッチを入れ、ニュース画面を探した。沢野女史も寄ってきた。

「どうしたの？」

女房がおかしなことを言ってきて——と答えようとして、石崎はテレビのリモコンを持ったまま固まってしまった。

顔写真が映っている。知らない顔だ。だが、その下の字幕に出ている名前は知っている。朝倉琢己、二十五歳。

逮捕されたのだという。今年五月初旬、中野で起こった女子短大生殺人事件の容疑者として、朝倉琢己が逮捕されたのだという。

「これ、うちの方の事件だわ」沢野女史が言った。「奥さんは、これを見ろっていうの？」

石崎は電話機のそばにすっとんで戻った。

「美弥子、あれ何だ？」

「あたしだってわかんないわよ！」彼女は叫んだ。「だけど、ちょっと前に北畠さんから電話があって、編集部にかけたらあなた留守だから、あたしに伝言してくれっておっしゃるの。いい？　言うわよ。言えばわかるっていうのよ」

「わかったよ、何だよ？」

「朝倉の逮捕はまあちゃんのお手柄だ。警視総監賞がもらえる。そう伝えてくれって。ね、わかる？」

　さっぱりわからなかった。


　北畠は四日後の夜にやっと電話をかけてきてくれた。十分しか話せないと、えらく早口だった。

「中野の事件の被害者についての情報のうち、公開されてない事柄がひとつだけあったんだ」

　殺害された女子短大生は、夏物のミニワンピースを着て白い靴を履き、白いショルダーバッグを提げていたが、そのファッションには不釣り合いな「巾着」を持っていたのだという。

「古い着物の端切れで作った巾着でね、被害者のお祖母さんの手作りの品だった。その晩、事件に遭う前に、彼女はお祖母さんの住まいに遊びに行ってたんだ。夕飯をご馳走になった。で、そのお祖母さんの趣味が袋物づくりだったんだな。可愛い孫娘に、最新の作品で彼女が気に入ったものをプレゼントした。被害者はそれを、バッグと一緒に肩から提げて持ち帰った。嬉しかったのか、お祖母さんを喜ばせたかったのか、まあ両方だろうな。そしてその『巾着』には、ポシェット代わりに使えるように、長い肩紐がついていたんだ」

そして被害者は、その肩紐で絞殺されていたのだという。

「被害者の持ち物を凶器に使うなんて、場当たり的な犯行に決まってる。厄介な事件だよ。しかし、巾着ってのは珍しい。で、真犯人を特定するために、絞殺に使われた凶器については情報を外に出していなかったんだ。だからさ、まあちゃんのレジュメを読んで、二十五歳の塾講師が、そっちの被害者が持ってるはずのなかった巾着の話をしたっていうところで、俺は仰天したわけだよ。なんでこの朝倉って野郎は、在るはずのない巾着なんかを持った幽霊を目撃したんだろうってなあ」

罪悪感がそうさせたのだ——石崎は、鳥肌立つような思いでそう考えた。

調べてみると、朝倉琢己は中野の事件現場あたりに土地鑑があった。大学卒業後、二年ほど通っていた専門学校が、現場から二百メートル弱の距離に在ったのである。親しい友人も近くに住んでいて、彼は頻繁にその友人を訪ねていた。それを突き止めれば後は簡単だったと北畠は言った。

「すべてはまあちゃんの調査のおかげだ。石崎さん、あんたいい娘を持ったよ」

石崎は礼を言って電話を切った。しかしすぐには喜ぶ気分になれなかった。心のなかに、墨のようなものが流れていた。

朝倉琢己にとっては、水上公園に出没する若い女性の幽霊は、ボーイフレンドとの別れ話がこじれて殺された八田あゆみではなかったのだ。朝倉自身が手にかけた、中野の短大生の幽霊だったのだ。

彼はそれを見た。彼の見た幽霊は、確かに場違いな「巾着」を持っていたのだ。そして恨めしそうな真っ青な顔をしていたのだ。

彼が塾の生徒たちに語って聞かせた幽霊の目撃談は、ひょっとしたら、それ自体はやっぱり作り話だったのかもしれない。子供たちを喜ばそうとして、調子をあわせようとして言っただけのことだったのかもしれない。殺害された若い女性のことなど、当時の彼にとってはもっともおぞましい種類の話題だったろうけど、逃げるわけにはいかない。彼は平気な顔をしてその話の輪に飛び込まなくてはならなかった。それをおはなしとして面白がってしまわなくてはならなかった。危険など感じなかったと言わねばならなかった。

しかし彼の内側には、いつだって、本当に本物の幽霊がいたのだ。彼の内なる良心は、幽霊の形を成して彼の心の底に居座っていた。そして彼を脅《おびや》かしていた。だからこそ、彼の話のなかに登場する幽霊は、彼にとって忘れることのできない、被害者からの告発と彼自身の邪悪の象徴である「巾着」を提げていたのだ。いや、提げていなければならなかったのだ。

人は見たいものを見る。外界を見ているつもりでも、結局は自分の心の内側を見ているだけなのだ。

滅びたはずの「石枕」のベクトルは、罪悪感という形で、かろうじてまだ残っているのかもしれない。石崎がそう言うと、沢野女史は感慨深そうにうなずいた。

「そのベクトルも、八田あゆみさんを殺した浅井祐介の方には残ってるのかしらね……」

朝倉琢己は、身柄を拘束されて間もなく自供した。友達のところでしたたか飲んで、酔っぱらっていた、一人歩きの女性を見て、変な気を起こしてしまったが、出来心だった、被害者を殺してしまって以来、毎晩のように悪夢を見ていた、逮捕されてほっとした――と語ったという。

再び世間の耳目を集めて、海砂地区は少しばかりざわざわした。そのざわざわが引くのを待って、石崎は麻子を連れて散歩に出た。今度の一件の一部始終を話してやる場所としては、やはり水上公園がふさわしいと思ったからである。昼間は暑いので、夕暮れを選んだ。それでも麻子は日焼けするとイヤだと麦藁帽子をかぶってきた。

彼女は小さな花束を持ってきた。じゃぶじゃぶ池のところでそれを水に投げ、父娘はしばし黙禱した。八田あゆみの不名誉な噂は、しかし、ひとりの被害者の無念を救ったことになったのだ。

話は難しいところにさしかかっていた。北畠に頼んで調べてもらうと、八田あゆみは生前、確かに素行の悪い娘であったらしい。彼女の通う高校では、一時は停学や退学処分も考えていたが、本人にも立ち直ろうとする気配が見えてきたので、少し時間をおいていたのだそうだ。中学時代の補導歴も、「何度も」ではないが、二回あった。やはり彼女にはふたつの顔があり、加山英樹はそのうちのひとつしか見ていなかったということになる。噂という塗り絵はいやらしく色づけされていたが、輪郭はでっちあげじゃなかったということだ。

麻子が蚊に食われて痒《かゆ》いと文句を言うので、じゃぶじゃぶ池を通り越した先で公園を出た。「アルハンブラ」の近くの、あの出口だ。娘がそばにいるときにあの思い出が頭をよぎるのは、なんともこそばゆい。自然、石崎は無口になってしまった。

すると麻子が、麦藁帽のひさしを持ち上げながら、びっくりしたような声をあげた。

「あ、加山君！」

道の反対側から、Tシャツにジーンズ姿のひょろ長い少年が歩いてくる。麻子に声をかけられて、はっと立ち止まった。彼も手に小さな花束を持っていた。

麻子が駆け寄ると、少年はしきりと石崎の方を気にしながら、もじもじと足を止めた。麻子は石崎を振り返ると、

「お父さん、加山君」と、なんとも素直に紹介した。

少年は西陽を背負って立っていた。まぶしくて、まともに見ることができない。だから

石崎は、すぐには少年の方を見なかった。目を細めて、道路の向こう側の方に視線をそらした。

そして息を呑んだ。

黄金色に傾く真夏の夕暮れの陽射しの下を、自転車に二人乗りした若い男女が、ゆらゆらと楽しそうに揺れながら横切ってゆく。ちょうど「アルハンブラ」の方向へ。風を受けて男の白いシャツの袖がふくらみ、女の髪が空《くう》に広がる。

それは若い頃の石崎と美弥子だった。あのときの心躍るような自転車の車輪の回るリズムが、美弥子の髪の匂いが、腰に回された若い妻の温もりが、石崎の全身に、鮮やかに蘇った。

まばたきをして我に返れば、それはどこの誰とも知らない若い男女だった。一瞬の見間違い。女は何か言い、男が笑い、すぐに自転車は建物の陰に入って見えなくなった。二人の声も聞こえなくなった。ただ残像ばかりを石崎の目の裏に焼きつけて。

人は己《おのれ》の見たいものを見る。見るのは心の内側ばかりだ。良いことも、良くないことも、美しいものも、醜いものも。

「お父さん？」

呼びかけられて目をやると、麻子が心配そうにこちらを見ていた。帽子のつばに手をやる仕草は少女そのものだが、ブラウスの袖からのぞく二の腕のやわらかな線は、彼女が少しずつ、だが確実に、少女から若い女性へと羽化しようとしていることを表していた。

石崎はちょっと目を閉じ、さっきの残像を心の底に大切にしまいこんだ。それから目を開けて、麻子のボーイフレンド——初めてのボーイフレンドの方に向き直った。

少年はちょっとびくりとし、美弥子の言っていたとおりのきかん気そうな目つきをして、正面から石崎を見た。そして、わずかにうわずってはいるけれど、思いの外《ほか》きっぱりとした声でこう言った。

「はじめまして」

聖痕

1

三月末の雪まじりの冷たい雨が降る午後のことだった。

わたしが朝から言葉をかわした相手は三人で、三つとも馴染《なじ》みの顔だった。この古いビルの管理人と、彼に雇われているバイトの青年と、隣の部屋で手芸教室を営んでいる老婦人だ。話題はすべて今日の寒さと雪のことだった。五十年配の管理人は三月に東京で降る雪は意外などか雪になるものだと語り、バイトの青年はモップを片手に地球温暖化と異常気象の懸念についてひとくさり自説を述べ、手芸教室の老婦人はわたしが寒さしのぎに襟《えり》首《くび》に巻き付けたマフラーを褒《ほ》めてくれた。彼女の愛用品である杖《つえ》のゴムの滑り止めキャップには、凍った雪の塊がこびりついていた。

春の雪についてテレビのアナウンサーまで語りたがっているなかで、午後になって訪れた四人目の人物は、天気を話題にしなかった。手にした半透明のビニール傘の先端から水滴をしたたらせて、

「この事務所の人ですか」

半開きのドアのノブに片手をかけ、フードのついた灰色の雨合羽《あまがっぱ》の裾《すそ》からも水滴を垂らしながら、その男は言った。

両肩から胸の部分にかけて蛍光テープを貼《は》った雨合羽は、近所の小学校の児童たちの登下校の時間帯に横断歩道に立つ交通安全指導員のそれとよく似ていた。色が黄色であったなら、わたしは完全にそう思い込むところだった。もっとも、小学生の登校路を守る役目を担う人間が、子供たちが毎日その脇《わき》を行き来する老朽雑居ビルの一室にある調査会社に頼むべきどんな用件を持ち合わせているのか、まったく見当はつかなかった。

「そうですが」と、わたしは答えた。

男はその場に立ったまま室内を見回した。どこかにわたしの姓名身分と仕事の信頼性を保証するもの——たとえば免許状とか警察署からの感謝状とか有力者と笑顔で握手している額装した写真などが存在するのではないかと期待しているようだった。歳《とし》はわたしと同年代で、少し上かもしれない。

深くかぶったフードの縁と、雨合羽の裾から水滴を垂らし続けながら、男はこもったような声音《こわね》で訊《き》いた。

「こちらのようなところでは、飛び込みの個人の仕事も引き受けてくれるんですか」

雑居ビルの正面にあるプレートはめ込み型の案内盤には、老婦人の営む〈ひまわり手芸教室〉と並べて、〈千川《せんかわ》調査事務所〉と掲げてある。灰色の雨合羽の男が「こちらのようなところ」という曖昧《あいまい》な表現を使ったのは、わたしを会社名を代表する「千川氏」だと判断しかねているからなのか、あるいは「こんなうさんくさいうらぶれた事務所」と暗にくさすためなのか、わたしは短い間に考えた。

「どちらであれ、あなたは飛び込みの客のように見えませんが」

雨合羽の男はノックすると、ひと呼吸の間《ま》を置いただけですぐドアを開けた。迷ったり臆《おく》している様子は感じられなかった。この事務所がどんな業務をしているか、予備知識のない人間にはふさわしくない態度だった。

「橋元《はしもと》さんに教えてもらって来たんです」

男のとろんとした目が、一度、二度とまばたきをした。

「東進《とうしん》育英会の理事の橋元さんです。あ、いいや」と、急いで続けた。「先週の改選で副理事長になったんだった」

男が頭を動かしたので、雨合羽のフードがかさついた音をたてた。

わたしはうなずいて、男を応接セットの方に促した。「雨合羽は壁のフックにかけてください。傘立てはその備前焼の壺《つぼ》です」

男は彼のすぐ足元にある焼き物の壺に初めて気づいたらしく、ちょっと後ずさりするほど驚いた。

「さる人間国宝の陶芸家の作品を騙《かた》った贋作《がんさく》ですよ」

底がひび割れているが、傘立てに使うくらいなら水漏《みずも》れの心配はなかった。

男はおっかなびっくりの手つきで備前焼の壺に傘を突っ込み、雨合羽を脱ごうとして、そのときになって初めてそれをかぶっていたことに気づいたように、慌ててフードをとった。短く刈り込んだごま塩頭が現れた。顔だけでなく頭の全体が見えるようになり、わたしは男の推定年齢の上限を上げた。

男は傘立てのそばに佇《たたず》んで、また、薄暗い事務所のなかを見回した。

「橋元さんは、こちらは個人営業の事務所で、口の固いところだと言っていました」

わたしは黙って事務机の前に立っていた。

「東進学園でも、おたくにお願いして、いくつか厄介事を解決してもらったそうで」

ごま塩頭の男は、頼むから何か反応して、自分が橋元副理事長から得てきた情報を裏書きしてくれという顔をした。

「ただ調査をしただけです」

わたしが答えると、ごま塩頭の男のフードなしだとかなりいかつく見える顔が、ほんの少しだけ緩んだ。目のまわりには、うっすらと隈《くま》が浮いていた。

「腕がいいし信頼できる人だと、橋元さんは言っていた」

そろそろと応接セットに近づき、また立ち止まって、

「でも、まさか女性だとは思わなかった」

非常に気まずい間違いをしたかのように、彼は足元に向かって言った。自分で勝手に生み出した気まずさを拭《ぬぐ》おうというのか、

「子供相手の調査なら、女性の方が向いているのかもしれないが」

言い足して、わたしに愛想笑いをしようとした。わたしは笑みも言葉も返さず、もう一度そこに掛けるよう促した。

「コーヒーでいいですか」

事務机の脇のコーヒーメーカーに歩み寄り、わたしは訊いた。ほかのものがほしいと言われても、何もなかった。ごま塩頭の男はうなずいて、思い出したように懐《ふところ》から白い手拭いを取り出すと、顔を拭った。

灰色の雨合羽からして、その下に着込んでいるものが背広ではなさそうだとは思っていた。彼の服装は一見して飲食店の、それもフロアではなく調理場で立ち働く人間のそれだった。糊《のり》の利いた白い袷《あわせ》の上着に、白いズボン。前掛けは外してきたらしかった。男が湿った手拭いをたたみ直して懐に戻すとき、白地の手拭いの端に藍色《あいいろ》で「てらしま」と染め抜かれているのがちらりと見えた。

「てらしまさん」

コーヒーのカップをソーサーに載せてテーブルに置きながら、わたしは言った。

「お寺の寺にアイランドの島でよろしいんですか。それとも山へんに鳥の嶋ですか」

姿勢良く腰掛けるとますます調理人らしく見えてきたごま塩頭の男は、小さな手品でも披露されたようにまばたきした。

「橋元さんから連絡が入ってましたか」

「いいえ」

その手拭いですと、わたしはあっさり種明《たねあ》かしをした。男は懐に目をやり、「ああ」と声を出してうなずいた。

「私の店のです」

応接セットから腰を浮かせると、彼はズボンの尻《しり》ポケットから薄べったい財布を引っ張り出した。かなり使い込んだ黒革の財布だ。そこから名刺を一枚抜き出すと、一瞬迷ってから、わたしに手渡さずにテーブルに載せた。

〈和食処　てらしま〉。所在地は神田明神下《みょうじんした》、扇《おうぎ》ビルのB1だった。電話とファクスの番号はあるが、HP《ホームページ》のアドレスの類は印刷されていなかった。

「山への鳥の寺嶋です」

名刺には「店主　寺嶋庚治郎《こうじろう》」とあった。

「カウンターが十席の小さい店です。わたしが板長《いたちょう》もしています」

娘夫婦が手伝ってくれていますと、弁解しているかのように早口で言い添えた。その口調の理由は、すぐに知れた。

「今は午後の休み時間です。ちょっと銀行に行ってくると言って、抜けてきました」

明神下からこの事務所まで、タクシーなら十分程度だろう。ただ今日はこの天気だから、もう少し手間取ったかもしれない。

「何時までに戻る必要がありますか」

寺嶋庚治郎は反射的に壁に時計を探し、それから自分の腕時計を見て、考えた。

「二時間ぐらいは大丈夫だと思います」

目のまわりに隈ができるほどの用件があるにしては、慌ただしい時間繰りだった。

「娘夫婦には知られたくないんですよ」

湯気のたつブラックコーヒーを見つめて、彼はぼそぼそと言った。

「私があれに関わることに、強硬に反対していますからね。無理もないんです。美春《みはる》も生まれたことだし」

その〈あれ〉が何を示すのか問う前に、確認した。「美春さんというのは、あなたのお孫さんですか」

寺嶋氏は、また手品を見たように目を瞠《みは》った。

「娘さんご夫婦のお子さんでしょう?」

「ええ。生後八ヵ月です」

「橋元さんとは、娘さんの学校関係でお付き合いが?」

「いや、もともとうちのお客さんなんです。もう十年来ご贔屓《ひいき》をいただいています」

急に客商売らしい口ぶりになった。

東進学園というのは、歴史はさほど古くないが、首都圏では名の知られた私学校である。小中高に、大学と家政短期大学がある。東進育英会はそれらの学校を運営する財団法人だ。

東進学園の大本は、昭和初期にある資産家が興《おこ》した高等女学校だった。現在では男女共学だが、比率としては六対四で女子生徒の数の方が多い。一般的なイメージでは、良家の子女が好んで通う学校ということになっている。

その〈なっている〉イメージを守るために、わたしは何度か、橋元理事、現副理事長の依頼を受けて仕事をしたことがある。これからもそうするだろう。だが彼の専属ではない。橋元副理事長の信頼を得たことで、確かに強い人脈を得たが、自分の仕事は自分で選ぶ。

そう、わたしは子供相手の調査員だ。学校相手、家庭相手の調査員でもある。

寺嶋庚治郎はコーヒーを飲んだ。カップをソーサーに戻すと、固い音がした。

「橋元さんは真面目な人柄ですが」

寺嶋氏の声が震えを帯びた。

「清濁併《せいだくあわ》せのむことのできる人です。ただお堅いだけの教育者じゃない。それはあなたも、橋元さんの依頼を受けているんだからご存じだろうけれど」

わたしは無言で彼と向き合っていた。〈あなたもご存じ〉の依頼の内容が、集団による手ひどいいじめだったり、未成年者の大麻所持だったり、更衣室内での強制わいせつ事件だったりすることを、寺嶋氏が〈真面目な〉橋元副理事長から打ち明けられているのかどうか、その青ざめたいかつい顔からうかがい知ることは難しかった。

「だから私も、そういう橋元さんが評価してる調査員になら、あれのことを話してもいいとふんぎりがついたんです」

また〈あれ〉だ。無機物を指す代名詞ではなさそうに聞こえた。

「寺嶋さんがここへいらしたのが、娘さんのせいでも、娘さんのご主人のせいでも、お孫さんのせいでもなさそうだということはわかりました」

さっき急いでフードを脱いだときと同じように、彼は自分が不作法であったことに今気がついたというふうに、首を縮めた。

「すみません」

何も音の出るものを持っていなくても震えているのがわかるほどに、手がわなないていた。その手を不器用に動かして、寺嶋氏は懐から一枚の茶封筒を引っ張り出した。

「見てください」

そして自分は見たくないというように、手をおろして目を伏せた。

「きっと見覚えがあるでしょうよ」

何だか自棄《やけ》になったような言い方だった。

わたしは封筒を開いた。中身はたたんだ用箋《ようせん》と、一枚のモノクロ写真だった。スナップより小さめで、身分証明書の類に貼付《ちょうふ》する顔写真を引き伸ばしたもののように思えた。十三歳から十五歳くらいの少年の顔写真だ。カメラに正対している。濃い色の背広タイプの上着に、チェックのネクタイを締めている。制服だろう。ネクタイはきっちりと締めてあり、シャツのボタンもいちばん上まできっちりとめられていた。

目鼻立ちは整っているが、それでかえって無個性に感じられるタイプの顔だった。切れ長の目、少し腫《は》れぼったい一重瞼《ひとえまぶた》、すっきりと通った鼻筋。モノクロ写真ではありがちなことだが、全体にのっぺりと写っている。右の眉《まゆ》のこめかみに近い端に小さな黒子《ほくろ》が隠れているのが、かろうじて特徴と言えた。

わたしが顔を上げると、寺嶋氏も目を上げた。万引きの現場を押さえられた中学生のような目の色になっていた。

小首をかしげつつ、わたしは言った。「寺嶋さんが、どういう根拠で、わたしがこの少年の顔に見覚えがあるはずだと考えるのかわかりません」

寺嶋氏の目が翳《かげ》った。

「あなた、十二年前にはこの事務所にいたんですか」

「さっき寺嶋さんがおっしゃったように、ここは個人営業の事務所です。わたしは経営者であり、一人だけの調査員です」

わたしは言って、殺風景な事務所のなかをさっと目で掃《は》いた。

「十二年前には、この事務所はありませんでした。ついでに言うなら、わたしは調査員の仕事もしていませんでした」

寺嶋氏の、板長の制服らしい白い袷の襟元が、急に緩んだ。彼の肩ががくりと落ちたからだ。

「あんた、知らんのですか」

動作は落胆を示しているのに、声の力は、信じられない朗報を聞かされたように上ずっていた。

「これは、あのころ写真雑誌にすっぱ抜かれた顔写真です。今だって、ちょっと手間をかけて検索をすれば、すぐこの顔にお目にかかれます。あんた、子供の問題専門の調査員なんかしとるのに、あんな大事件に興味がないんですか」

そもそもあんたにだってお子さんがいるんだろうに――と、寺嶋氏は言った。そしてわたしの顔を見て、気まずそうに下を向いた。

「いや、それは関係ないか」

子供の問題を抱えてここを訪れる依頼人たちは、判で押したように、わたしの調査員としての能力や信頼性よりも、わたしに子供がいるかどうかを気にする。彼らは一様に、大人は――特に大人の女は、子供を持っていなければ、子供の気持ちや子供のやることを理解できないと思い込んでいるのだ。はっきり口に出してそう言わずとも、態度に表すことをためらいはしなかった。そういう自分たちが、自分の学校の生徒や我が子の問題で第三者の〈調査〉という形の介入を請わねばならぬという点で、子供の気持ちや子供のやることを理解できない大人になっているということは忘れてしまうらしい。

「この少年は誰ですか」

無表情というより、こういう顔写真を撮《と》られるときにふさわしい表情を浮かべることを積極的に拒否しているような白く整った顔を指さして、わたしは訊いた。寺嶋氏の答えを聞きたかったから。

寺嶋庚治郎は、わたしの指に引かれるように、写真に目を落とした。そして彼の側からは逆さまに見えるはずの少年と、まともに視線が合ってしまったかのように、顔を歪《ゆが》めた。

「私の息子です」

〈わたし〉が軽く濁って〈わだし〉に聞こえた。訛《なま》りではなく、声がかすれてしまったからだった。

「和己《かずみ》といいます。でも十二年前は——あの事件を起こしたころには、もっぱら〈少年A〉と呼ばれていました」

顔を歪めたまま、意を決したように真っ向からわたしを見ると、寺嶋氏は続けた。

「親を殺して、担任の先生も殺そうとして、学校に立てこもった。あんた、何も思いあたりませんか」

わたしは答えず、写真を見つめた。

わたしは彼を知っていた。

十二年前の四月のある朝、さいたま市内の自宅で就寝中の実母と彼女の内縁の夫をコンバットナイフを使って刺殺し、その遺体の首を切断してから制服に着替えて登校し、同じ凶器をふるって担任の女性教師に傷を負わせて人質にとり、駆けつけた警察官を向こうに回して、それから二時間以上も教室にたてこもった、この十四歳の少年を。

2

わたしの知識は、報道を通して得たものに限られている。しかも、もう十二年も昔の話だ。わたしが率直にそう述べると、寺嶋氏は意外にも、少しほっとしたような顔になった。

「そうすると、始めからすっかりお話しした方がいいんでしょうね」

彼にとっては何が〈始め〉なのか、わたしにはわからなかった。

「和己は、私が昔、柴野直子《しばのなおこ》とのあいだにもうけた子供なんです」

二人は結婚したが数年で離婚し、子供は柴野直子に引き取られた。親権も彼女のものとなった。

「以来、私とは縁が切れていました。どこでどうしてるのか、まったく知らなかった。だけどあの事件が起こって、子供の名前は伏せられていたけども十四歳だっていうし、殺された女——その子供の母親の名前はね、報道されましたから、それでわかったんですよ」

その時点では、彼は周囲の誰にもそれを打ち明けなかった。自分と別れた後の元妻の人生を知らなかったから、歳が和己と同じだというだけでは、犯人の少年だと言い切れない。柴野直子が再婚し、その相手に和己と同じ歳の連れ子がいたのかもしれない、と思った。

「思ったというより、そうであって欲しいと願っていたんです」

その願いは、数日で空しく消えた。事件の捜査関係者とメディアの取材記者たちが、犯人の〈少年A〉の実父である寺嶋氏を訪ねてきたからである。

彼がこんな形で元妻や我が子の消息を知る羽目になるまでには、入り組んだ経緯《いきさつ》があった。寺嶋氏がわたしに「始めからすっかり話す」と言ったのは、実に正直な表現だったのだ。

二十七年前、寺嶋庚治郎は調理師免許を取得したばかりの見習い調理師で、六本木にある和食料理店で働いているとき、柴野直子と知り合った。寺嶋氏は二十一歳。直子は二十八歳で、その料理店の事務員として働いていた。付き合い始めてすぐ直子が妊娠したので、いわゆる〈できちゃった婚〉だった。

「私の実家は福島の果物農家で、家業は兄貴が継いでおりました。けっこう羽振りがよかったんで、私も実家を手伝ってもよかったんですが、若いころにはちょっと悪さしていたりして、地元に居づらかった。で、勧めてくれる人もいて、上京して調理師学校に入ったんですよ」

寺嶋氏の若いころの悪さは、バイクを盗んで無免許で乗り回したり、深夜に駅前の繁華街で仲間たちとたむろしていて補導されたり、学校内で飲酒喫煙をしたり——という程度の、地方のちょっと無軌道を気取りたい若者には珍しくもない行状だった。それぐらいで地元に居づらいと感じるのは、むしろ彼の実家が物堅い家風であることを逆に証明していた。実際、彼は実家からの仕送りを無駄にすることなく、調理師学校をきちんと卒業して資格を得たのである。

「私に東京に出ることを勧めてくれた母方の叔父《おじ》が、調理師だったんです。やっぱり東京で修業して、そのころは地元に戻って店をやっていました。観光ガイドブックに載るくらい有名な店でね。私はこの叔父さんに可愛《かわい》がってもらってて、中学ぐらいのころから、洗い場の手伝いなんかしていました。それでまあ、おまえ筋がいいからと」

私も料理は好きだったし、と続けた。「旨《うま》いもんが好きです。酒は強くないけども」

直子は酒飲みでした、という。

「それよりもっと悪かったのは、あいつがパチンコ好きだったことです。近ごろじゃ、そういうのも〈依存症〉というらしいけども」

交際中にはわからなかったという。

「私は若僧で、直子に夢中になっていたんですよ。あいつは商業高校を出ていて、簿記ができました。それであっちこっち渡り歩いて事務員をしていたんですが、ひとところに落ち着けなかったのは、パチンコに使う金に困ると、仕事先の金庫やレジからちょろまかす悪い癖《くせ》があったからでした。そっちのヘキのことも、結婚するまではまるっきり気づきませんでした」

わたしは少し、プロの調査員らしいところを見せることにした。「結婚後に、直子さんのそういう悪癖に気づいたというよりも、結婚しようと決めた時点で、ご実家のどなたから教えられたのではありませんか」

寺嶋氏がわたしに感心したかどうかはさておき、表情は暗くなった。

「直子の身上調査をしたのは、さっき言った叔父貴《おじき》です。都会暮らしをしたことのある人だから、わたしが最初に直子を実家に連れていってみんなに引き合わせたときから、ピンとくるものがあったんでしょう。私の親父《おやじ》もおふくろも、兄貴だって、のんびり者ですからね。そんなことは思いつきやしませんよ」

「身上調査をかけて、ほかにも何か出てきませんでしたか」

今度こそ寺嶋氏はわたしに感心したらしいが、褒《ほ》めてくれるつもりはなさそうだった。

「直子には離婚歴があって、子供がいることがわかりました。そのころ十歳になっていましたから、直子が十八のときの子です」

最初の結婚相手は彼女の通っていた商業高校の教師で、二十歳年上だった。二人は柴野直子の卒業を待って入籍し、その半年後に子供が生まれた。

「その結婚は一年も保《も》たなかったようです」

「お子さんは」

「女の子です」

答えてから、寺嶋氏はそれがわたしのメインの質問ではないと気づいた。手でつるりと顔を撫《な》で上げた。

「直子のおふくろさんが引き取って、育てていました。実家は相模原《さがみはら》にあって、母親は駅前で小さいスナックを営《や》っていました」

おふくろさんは、今風に言うならシングルマザーだと、その表現に自信がなさそうな顔で言った。

「直子さんは、自分の母親とは？」

「いい関係じゃあなかった。赤ん坊を押しつけると、そのまま家出して、結婚のことも、子供のことも隠していたんですよ」

隠すより、失《な》かったことにしたかったのかもしれない。

「直子のおふくろさんも、しょうもない娘のことはすっぱり諦《あきら》めて――というよりは見捨てて、探そうともしなかったようです。それでも和己の事件の後、おふくろさんと、和己とは胤違《たねちが》いの姉にあたる女の子のことも、記者たちが探り出しましてね。おふくろさんは店をたたんで、二人でどこかへ逃げてしまいました。私の知ってる限りじゃ、あのおふくろさんはしっかり者だったし、子供もちゃんと育っていた」

また手で顔を撫でながら言い足した。「お恥ずかしい話ですが、私はテレビのレポーターから、二人が移った先が名古屋のどっかだってことを教えてもらいました。自分じゃ調べられなかったし、あの二人のことを気に掛けるような余裕もなかったから」

「それ以降、音信は？」

「ありません。向こうさんも、私らとはもう縁を切りたいんでしょう」

もっともな話ですと、彼は小さく言った。

わたしは席を立って二つのカップにコーヒーを注《つ》ぎ足《た》し、机の引き出しからガラスの灰皿を取り出してテーブルに置いた。

寺嶋氏は救われたような顔をした。が、衣服の胸元を叩《たた》いてみても、タバコは見つからなかった。わたしは同じ引き出しからマイルドセブン・ライトと使い捨てライターを取り出して、灰皿の脇に添えた。愛煙家がタバコをポケットに突っ込むのを忘れてタクシーに飛び乗る。それはほかのどんなことよりも、彼が急いでここへやって来たことを確実に裏書きしていた。

「いただきます」

寺嶋氏がタバコをくわえ、わたしは火を点《つ》けた。自分も同じようにした。

「そういう事情で、私の家族はみんなこの結婚に反対でした」

深く吸い込んだ煙を長々と吐き出して、寺嶋氏は続けた。「私は逆に、ムキになってお りました。直子が私より七つも年上だってことを言われると、姉さん女房の方が頼りにな るって言い返したし、パチンコ好きや金にだらしないことを言われると、俺と所帯を持っ て落ち着けばそういう悪癖も治る、俺が治してやるんだって言ったんですよ」

「ただお金にだらしないのと、他人のお金と自分のお金の区別がつかないのとは、だいぶ 違います」

それは、今さらわたしなどに説教されずとも、寺嶋氏は骨身に染みて知っているだろう ことだった。彼は答えずにタバコを吸った。

「だからこそ私にも意地があって、頑張ったんですがね」

二年と三ヵ月で、夫婦は離婚を決めた。

「やっぱり意地っ張りに聞こえるでしょうが、パチンコのせいじゃありません。直子に男 がいることがわかったんで――それも、わたしと一緒になる前から続いている仲だってこ とが知れたんで、もういかんと思いました」

「叔父さんが雇った調査員は、その男の存在を見落としていたんでしょうか」

「それがなかなか難しくて」

誰のために難しいのか。その調査員にとってか、寺嶋氏にとってなのか。

「べったり続いてる仲じゃなかったんですよ。男の方もふらふらした野郎で、ときどき思い出したように直子のところに戻ってくるというふうで」

今度はわたしがテーブルの上の少年の写真に目を落とした。

「その男が、直子さんと一緒に殺された」

柏崎《かしわざき》紀夫《のりお》。十二年前に殺害された当時で四十八歳、職業は自称・貸金業だった。実態としては、闇金《やみきん》業者の周辺で半端《はんぱ》な取り立て仕事をもらって食いつないでいる、一度もヤクザになりきれたためしがないまま薹《とう》がたってしまったチンピラだった。

「そうです」と、寺嶋氏はうなずいた。「直子と同居してたんですよ。ずっと続いていたらしい。直子が私と結婚して、和己が生まれたころには、柏崎は刑務所に入っていたんですがね」

「傷害罪で服役中だった——確か三年ぐらいの刑じゃありませんか」

寺嶋氏はフィルターぎりぎりのところまで吸ったタバコを丁寧にもみ消して、目を上げた。「よく覚えてますね」

「あのころは、テレビを点けるとこの事件の続報や詳報を流していましたから」

少年自身のプロフィールを報道できない分、殺害された彼の両親が、恰好《かっこう》のネタになったのだった。

「お話をうかがっているうちに、思い出してきたんです」

「柏崎がムショから出てきて、また直子の前に現れたんで、私らが離婚する羽目になったんだってことも、テレビでやってましたか」

「ええ、たぶん」

寺嶋氏はわたしの顔から目を背けると、もう一本タバコを取った。

「和己をどうするかで、揉《も》めました」

声音は依然として落ち着いていて、抑揚を欠いていた。

「私は引き取りたかった。正直、実家のおふくろをあてにする気でいました。男手ひとつで、しかもまだ調理師として一人前にもなってない状態で、二歳の子供を育てる自信はありませんでしたからね。けども、おふくろはもちろん、親父も兄貴も大反対でした」

「叔父さんも」と、わたしは訊いた。

寺嶋氏はゆっくりとうなずいた。

「地方の人間は都会の人よりのんびりしてますが、一旦《いったん》駄目だとなると、梃子《てこ》でも譲りません。私はおふくろが、和己はあの女の子供であって、うちの孫だと思ったことはないというのを聞いて、耳を疑ったもんでしたが」

「耳を疑ったのは、そのときが初めてではなかったんじゃありませんか。それ以前にも、あなたが妊娠中の直子さんと結婚すると宣言したときに、ご両親も、お兄さんも叔父さんも、彼女のお腹《なか》の子があなたの子かどうかわかったもんじゃないと言ったはずですから」

寺嶋氏は怒らなかった。意外なほど柔和に苦笑した。物慣れた客商売の人間の苦笑だ。

「おたくさんにかかると何でもお見通しだ」

彼がわたしの依頼人になる気はあっても、未来永劫《えいごう》、わたしが「てらしま」の客になる気遣いはないと知っているからこその、遠慮のない言い方だった。

「ええ、そうですよ。和己が生まれる前とそのときと、そっくり同じことを繰り返したようなもんでした。当時は誰も、万事に目端がきく叔父貴でさえ、親子鑑定なんていう洒落《しゃれ》たことは思いつかなかったけども」

寺嶋氏の叔父は、鑑定の結果、庚治郎と和己が真に遺伝情報を共有する父子であると判明することの方を恐れたのではないかと、わたしは思った。その方が、万事に目端がきく人物の危機管理としてはふさわしい。

「そんなんで、和己は直子が引き取ったんです。養育費だ何だって後腐れがあるのはよくないって、兄貴と叔父貴が奔走して三百万円を工面してくれましてね。それを直子に渡して、これ以降は寺嶋の家とはいっさい関わりを持たないって一筆取って、私は独り身に戻ったんです」

それから一年足らずで、彼は再婚した。相手は地元の高校の同級生だった。

「またお兄さんか叔父さんの計らいですか」

今度も寺嶋氏は怒らなかった。また丁寧にタバコを消した。

「いや、家内とは、離婚して半年ぐらいして、夏祭りで帰省したときに会いましてね。もともと近所の娘で、家同士の付き合いもあった。家内は私が再婚であることも、前妻とのあいだに子供がいることも知っていました。そういうことは、地方じゃすぐ噂《うわさ》になるからね」

都会でも事情は同じだ。ただ、噂のなり方に違いがあるだけだ。

「昔のことはきれいに片付いてるって、私の言葉を、家内が疑ったことはありません。疑われるような出来事もなかったんです。私は直子と和己の消息を知らなかったし、もちろん探すつもりもなかった。あっちから接触してくることもなかった」

十二年前、柴野和己があの事件を起こすまでは、この父子の関係は完全に切れていた。

「ときどきは、和己がどうしてるか、ぼんやり考えることはあったけども」

いつも、すぐその考えを押し戻したという。

「私は当時、直子は和己を、また相模原のおふくろさんに預けるに決まってると思っていました。だってそうでしょう？　その方が直子だって……都合がいいんだから」

わたしに同意を求めているというよりは、自分に言い聞かせていた。

「あの事件があって、和己がどういう育てられ方をしてきたのかわかるまでは、私は本当にそう思い込んでいたんですよ」

どういう育てられ方、か。

柴野直子と柏崎は内縁関係だったから、当初の報道では誤って「継父」と称されることのあった柏崎紀夫は、和己にとっては父親ではなく、母親の同居人に過ぎなかった。それも不安定で不適切で、危険な。

警察官の説得に応じて投降し、身柄を拘束されるとすぐに、少年は進んで取調官に語った。僕は家で虐待されていた、母と柏崎を殺したのは、自分の身を守るためにはほかに手段がなかったからだ、と。学校の成績はほとんど劣悪というレベルだったが、彼は記憶力がよかったし、言語表現も豊かではないが的確だった。

捜査が始まると、そうした彼の供述が妄想ではないことは、気が滅《め》入《い》るほど早く次々と裏付けられていった。

小学校にあがるくらいの年齢から、彼は二人に、万引きや窃盗を強いられていた。対象は近隣の店ばかりではなく、かなり遠方にまで、直子はこのために和己を連れ歩いている。一方、学校では教材費や給食費を滞納し、教職員たちには、母子家庭だし自分は病弱なので、家計が苦しいと訴えていた。

――母はよく言ってました。犯人が小さい子供だと、盗まれた方も警察を呼ばないって。学校は、そもそも金をとるのがおかしいんだから、払わなくていいんだって。

不規則な生活で、直子が外出してしまうと一人で放置されることも多く、きちんと食事を与えられないので、和己は同年代の子供の標準より小柄でひ弱だった。彼が小学三年生のときの担任教師が、見かねて柴野直子と面談し、生活保護の受給を勧めた。この申請は受理されたが、それが和己の生活環境の改善につながることは、とうとうなかった。直子はパチンコ依存症のままだったし、柏崎もギャンブル好きで、二人で消費者金融からの借り入れを繰り返していた。

実母と内縁の夫の都合で、和己は養育放棄されたり、暴力で〈躾《しつ》け〉られたりした。特に後者は和己が物心ついてきて、万引きや窃盗を嫌がるようになると、次第に激しく、日常的なものになっていった。まだ具体的なアクションを起こして大人に逆らうことのできないこのころの和己は、直子と柏崎にとって便利な道具だったらしい。

確認された限りで過去に二回、和己は〈当たり屋〉として自動車事故に遭い、二度とも軽傷で済んだものの、柴野直子は加害者側から治療費や事故の和解金をせしめている。万引きと窃盗については、さすがの和己もそのすべてを記憶していないほどの回数に及んでいた。

捜査が進むと、柏崎がいくつかのハンドルネームを使い分け、児童ポルノのサイトに和己の下着姿や裸の写真をアップして、少年を好む〈客〉と取引をしていたという事実も浮かび上がってきた。これは和己が十歳から十二歳ぐらいまでの間の出来事で、取引は何度か成立し、柏崎は八十万円ほど稼いでいる。こちらの件では、和己は柏崎に「恥ずかしい」写真を撮られたことは覚えていたものの、母親がどの程度関与していたのか、柏崎が写真を売る以上の商売を考えていたのかどうかは、確認することができなかった。それでも彼の供述がきっかけで、児童ポルノ禁止法違反容疑で数名の男女が逮捕されることには繋がった。

事件の重大性から、成人と同じように刑事事件の被告人として裁きを受けることになると、法廷の柴野和己は、取調官に対して率直に供述したのと同じように、自分の身に起こったこと、自分がやったことについて、取り乱すこともなく証言した。その態度に法廷が、ひいては報道によってその供述内容を知った一般社会が、かえって彼の精神状態に疑いを抱いてしまうほど、和己は冷静だった。

――事件の半年ぐらい前から、母と柏崎は、僕を殺そうと考えてました。

中学生になった和己は、二人に支配される環境は変わらずとも、既に幼児でも児童でもなかった。成績が悪く、体格も貧弱で、教室では孤立しがちだったけれど、それでも何人かは友達もできた。

和己は曲がりなりにも成長し、自分の意志で外の社会とコミュニケートできるようになったのだ。それはすなわち、友人たちの暮らしぶりを自分のそれと引き比べ、その落差、自分の置かれている環境の異常性に、自力で気づくことができるようになったということだ。その先には、外の社会に自分の言葉で窮状を訴え、助けを求めるという道も開かれている。

直子と柏崎にとって、これはきわめて現実的な、差し迫った脅威である。告発される前に、和己の口をふさいでしまおう。ついでに、最後のひと儲《もう》けすることもできるかもしれない。二人はそう企み始めていたと、和己は証言した。

――僕に保険をかけて殺そうと相談していました。ここそこ話しているのを何度か聞いちゃったんです。

直子と柏崎が、ひとつ屋根の下に暮らしている和己の耳を憚《はばか》らず、こんな相談をすることは考えにくい。たまたま耳にしたという和己の証言には、その点では疑問が残る。しかし、和己が中学一年生になって間もなく、直子があちこちの保険会社に電話をかけて資料を取り寄せたり、支店や営業所へ足を運んでいたことは事実だった。

そのなかの一人、直子が熱心に通っていたある生命保険会社の営業マンは、出廷して彼女の相談内容を証言した。裏付けとなる業務日報も証拠として提出した。それによると、柴野直子は学資保険や医療保険についての説明には興味を示さず、十三歳から十四歳くらいの子供に、多額の死亡保険金が給付される保険を掛けることができるかどうか、掛けるとしたら月々の掛け金はいくらになるかということばかり、しきりと聞きたがったという。

不審に思ったこの保険会社は、婉曲《えんきょく》な表現ながら、彼女との交渉を断った。直子は怒って帰り、その後何度か柏崎が（母子の知人と名乗って）クレームの電話をかけてきたが、会社側が態度を変えないと、連絡は途絶えた。

事件後の家宅捜索では、彼らが住んでいたアパートの室内から、生命保険や損害保険の大量のパンフレットが発見されている。書類の郵送による申し込みだけでいい共済系の保険の資料も混じっていた。一度断られたので、学習したのかもしれない。

——交通事故なら相手方からお金がとれるから、また当たり屋みたいなことをさせられるかもしれないと思って、怖かった。

駅のホームでは端に立たない。直子や柏崎と外へ出るときは、車道側を歩かない。いつも注意していたと、十四歳の少年は証言した。

——このままだと殺されちゃうから、何とかしないといけないと思いました。

その〈何とか〉が、彼の通う公立中学校の担任教師に、事情を打ち明けることだったのだ。彼にはほかに、あてがなかった。

自治体の児童保護施設は、一度もこの母子に接触したことがない。近隣や医療機関からの通報もなかったから、危険を察知することができなかったのだろう。手抜かりだったと言えばそうだろうし、あるいはこの点では、直子と柏崎の立ち回り方が巧妙だったのだとも言える。直子はずっと無職で定収入がなく、生活保護を受給する状態が続いていたから、定期的に市役所の担当者と面会していたが、そこでチェック機能が働くこともなかった。

柏崎は件《くだん》のアパートには住民票を置いておらず、たったそれだけのことで、制度上の彼は透明人間になり得た。

　和己が担任教師に頼ったのは、彼の立場では無理もない。最初は和己が一年生の二学期の終わり、冬休みに入る直前のことだった。

　しかし学校側には、この少年のＳＯＳを受け止める用意がなかった。やがて和己によって重傷を負わされ、人質にとられて死にかけることになるこの担任教師は二十代の女性で、教師としての経験はまだ浅かった。学校にはスクールカウンセラーもいなかった。

　担任教師は、事情を語る和己の淡々とした態度と、話の内容の異常性に、かえって疑惑を抱いた。事件が司法の場に引き出されたとき一般社会の人びとが困惑したように、彼女も困惑したのだ。

　にわかに信じられる話ではない。途方もない話で、母親に対する中傷でもある。柴野和己が母親とのあいだに問題を抱えていることは確かだとしても、彼が語る犯罪小説的ストーリーは事実ではなかろうと、彼女は考えた。むしろ、やはりその後の法廷がそうなったように、彼女が危惧《きぐ》したのは柴野和己の精神状態の方だった。当時、彼女がこの問題について相談した学年主任の教諭も、この話を鵜呑《うの》みにするのは危険であり、慎重に対処すべきだと助言している。

　切迫して助けを求めていた柴野和己は、その態度に不満を覚えた。その不満は、三学期に入って、担任教師が〈慎重な対処〉の一環として柴野直子に連絡をとり、学校内で彼女と面談したという事実によって、大きな怒りへと育っていった。

――先生は僕のことを信じてくれない。それどころか、僕の話を母にバラしちゃった。だから先生も殺そうと思ったのだ。

ただ少年は、この件については取り調べの早い段階から心境に変化を起こし、公判でもはっきり謝罪している。あれは誤解だった。警察の人や弁護士さんとよく話し合ううちに、だんだんそう思えるようになってきた。先生がすぐ僕を信じてくれなかったのも、仕方なかった。僕が先生にあんなことをしたのは、確かに腹が立ったからだけど、考えが足りませんでした。間違ったやり方だったと、今では思います。

その謝罪もまた淡々としていた。

「あなたは公判に？」と、わたしは訊いた。

寺嶋氏はうなずいた。「証人として出ました。和己が生まれた当時のことや、直子との離婚の事情を説明して」

それから――と、小声になった。

「和己がどういう罰を受けるにしても、社会復帰するときには、私が父親として責任を持って面倒みると言いましたよ」

「彼と面会は？」

「あのころは会ってません。何度か頼んだんですが、和己が私に会いたがらなかった」

寺嶋氏が傍聴に来るのもひどく嫌がり、和己君が動揺するので控えてくれと、弁護士に言われたそうだ。

「和己は最初、私のことを忘れてたんですよ。実際、あんな非道《ひど》い目に遭っていても、私のところに逃げるとか私に頼るとか、そういうことはいっぺんも考えなかったんだから」

私はいない人間だったと言った。

「いない人間が急に出てきたら、幽霊みたいなもんでしょう。和己は私を怖がっていた」

「すると、父親として彼の社会復帰を手伝うという発言は、和己君の意志を確認した上のものではなくて」

「そうですよ、私の独断です」

急に気を悪くしたように、寺嶋氏は声を尖《とが》らせた。「親としちゃ当然です」

「でも、あなたの今のご家族には反対されたんでしょう」

寺嶋氏は黙っている。

「メディアの取材合戦にも、皆さん、当時はずいぶんと迷惑したのではありませんか」

「私が一人で引き受けるようにしたからね。それに、迷惑なことばっかりでもなかった」

情報源になった、という。

「警察も検事も、和己の弁護士だって、私には何も教えてくれなかった。こっちが知りたいと思うことに限って、隠すんですよ。和己のためにならないとか言って。だから記者とかレポーターの人たちは、むしろ有り難いくらいだった」

「彼らが持ってくるのが、正確な情報だとは限らないのに」

「何もわからないよりは、ましでした」

わたしは、自分の子供についてわからなくなってきて、この事務所を訪れる親たちのことを考えた。不確かな情報でもいいから欲しいという要請は、ほとんど受けたことがない。彼らが求めるのは確証であり、しかも〈良き確証〉だ。彼らの疑惑を晴らしてくれる確証である。

「確か、大弁護団が付きましたよね」

「弁護士さんが十二人もいました。皆さん、手弁当でね。私は何もしちゃいない。その点じゃ、もちろん有り難かったですよ」

「精神鑑定は――」

「何かいろいろやりましたけど、発達障害とかいうことで落ち着きました。私には難しいことはわからんけども、何でこんな手間暇かける必要があるのかって思いましたよ」

だって和己は最初っから正気だったんだからと、きっぱり言い切った。

「自分が万引きとか当たり屋とか悪いことをさせられてきたって、ちゃんと理解してたんですよ。このままだと殺されるっていうのも、あれの妄想なんかじゃなかった。直子と柏崎は、いろいろ企んでたんだから」

和己は頭もよかったたし、という。

「調べたら、知能指数が高かったんです。学校の成績が悪かったのは、あんな生活でろくすっぽ勉強できなかったからですよ。だって今じゃ、私なんかちんぷんかんぷんの難しい本を読んでますからね。事件のことだってちゃんと」

勢い込んだように言って、寺嶋氏は言葉を止めた。わたしは黙って彼の目を見た。

「あんた、判決を覚えてますか」

わたしは首を振った。「教えてください」

「和己は——善悪の区別はついていたし、話もしっかりできましたけど、感情がないっていうか、喜怒哀楽がなくってね」

淡々と冷静で、ほとんど機械のようにさえ見える少年。

「最初、医療少年院に送られたんです。二年ばかりそこにいました。私は別に、医者の治療なんか要らないと思ったけどね。まともな生活をおくれれば、すぐ普通の子供と同じようになるって」

「実際、どうでしたか」

「みるみる良くなりましたよ。笑ったり泣いたりするようになった。事件のことを思い出すと怖いって、夜眠れなくなったり」

ああだからと、両手で顔を拭った。

「医療少年院に入れてもらって、やっぱり良かったのかな。保護してもらってね。そうでないと、自分のしたことが重荷になって、今度こそ本当に心の病気になっちまったかもしれないです」

医療少年院を退院すると、柴野和己は少年鑑別所に移った。

「八年、そこにいました。罪は罪だから、償わなくちゃいけない。担任の先生にしたことはもちろんだけど、直子と柏崎のことだって――人殺しは人殺しなんだから」

「彼がそう言ってるんですか」と、わたしは訊いた。「あなたの解釈ではなくて」

寺嶋氏は気色ばんだりせず、穏やかに答えた。「そうです。本人が納得して、八年間一生懸命務めたんです。やっと人間らしく扱ってもらえるようになって、和己はもともとの自分を取り戻したんだ」

死んでいた心が生き返った、と。

「私のことも、だんだん父親として認めてくれるようになりました。最初のうちは、まるっきり駄目でね。面会も嫌がられるだけだった。私は手紙を書きました。あれに渡すか渡さないかは、あちらの医者や教官にお任せするしかありませんでしたけど、ともかく私の存在を思い出してもらうために、せっせと書きました。そのうち返事が来るようになって、会ってもいいって」

ひと息にぶちまけて、寺嶋氏は声を詰まらせた。目の前にあるタバコが見えないかのように、バタバタと手探りで一本取ると、火を点けた。

「面会のたびに、私は謝りました。和己が感情的になって、何で僕を捨てたんだって叫ぶこともあった。こっちは謝るしかない。弁解なんかできるわけないいんだから」

タバコが震え、立ち上る煙が乱れた。

「長かったですよ。でも、年月がかかったことが良かったのかもしれない。今の和己は、生まれ変わったみたいになってます。出所してすぐに、先生に謝りに行きたいって言ったぐらいだし」

「実現しましたか」

「手紙や電話とかでやりとりして、しばらくかかりましたけどね。先生に会ってもらえて良かった。感謝しています」

「出所後は、あなたが身元引受人に？」

「親ですからね」

即答してから、彼は目を伏せた。

「近くにいますけども、一緒に住んではいません。ですからその、家内や娘たちが」

「今も、和己君を引き取ることについては反対しているから」

下を向いたまま、寺嶋氏はうなずいた。

「ずっと保護司さんのところにいます。電気工事会社の社長さんなんですよ。和己は職業訓練で、電気工のいろはを教わったから」

「じゃ、そこで働いているんですね」

「そうです。恵まれた再出発だと思います。社長さんにも奥さんにも、よくしていただいています」

そしてようやく目を上げると、

「今も、柴野和己と名乗っていますよ。私は反対したんだけどね。寺嶋姓を名乗った方がいいって。でも和己は」

――それじゃ父さんの家族に悪いよ。

「柴野の名字を捨てたら、直子にも申し訳ないからって」

自分を虐待し、保険金殺人まで企てていた母親に、申し訳ないと感じる。それは柴野和己にとって真の更生なのだろうか。

そんな疑問がわたしの頭をよぎった。それが正しい善悪の区別なのだろうか。彼自身は、真実そう思っているのだろうか。

「もちろん、すべてが完全に丸く収まったわけじゃありません」

寺嶋氏の声に、わたしはまばたきして注意を戻した。

「私も和己も、今でもお互いに遠慮してると言えばいいんですかね。私に家庭があるんで、自分のことが原因でそっちがぎくしゃくするのを、和己は恐れてます。だから私が会いに行くと、早く帰った方がいいって心配するんですよ」

店を空《あ》け、こんなふうに慌てて外出するのは、彼にとっては珍しいことではないのだろう。ひょっとしたら今日も、行き先を確かめずに父親を送り出した娘夫婦は、寺嶋氏が和己に会いに行くと思っているのかもしれない。

「それ以外にも、丸く収まっていないことがある」と、わたしは言った。「だからこそ、あなたはここへ来られた」

話はようやく、彼がこの事務所を訪ねてきた目的へとたどりついたようだった。

窓の外には雪交じりの雨が降り続いている。旧式のエアコンが吐き出す温気《うんき》のなかで、寺嶋氏は軽く身震いをした。

「和己が――自分の事件のことをね、あのころどんなふうに報道されてたのか知りたいって、ネットをいろいろ調べて」

彼の身震いはとまらない。

「何がきっかけだったのか知らんが、去年の暮れ頃から始めたんですよ。そんなことはやめとけって、私は言ったんです。でも本人はどうしても気になるようで、保護司の社長さんも闇雲《やみくも》に止めると逆効果だし、私らに内緒でやるよりは、和己の気が済むようにさせて、ちゃんとフォローすればいいって言ってくれたもんだから」

和己が過去のことに向き合ってゆく作業も必要なんだろうし、と呟《つぶや》いた。

「それで、何を見つけたんですか」

なぜか急にひるんだようになって、寺嶋氏はわたしの問いかけから逃げた。

「その封筒のなかに、必要な事柄は書いて入れてあります」

「あなたの口からは言えないようなことなのでしょうか」

寺嶋氏は歯を食いしばり、それから短く何か言った。小声で、しかも日常語ではない語感がして、わたしは聞き取れなかった。

「何とおっしゃいました？」

「救世主」

彼は答え、口の端を無理に引き攣《つ》らせて、笑おうとした。

「〈黒き救世主《メシア》〉というんです。人間じゃない。化け物です。それがあっちこっちで別の事件を起こしてるっていうんです。子供を虐待する親や、子供を餌食《えじき》にする犯罪者を退治してるんだってね」

その化け物を、柴野和己は見たのだという。

——本当なんだよ、父さん。

あの化け物は、僕だ。

3

それは都市伝説の一種のように思えた。

柴野和己が発見したのは、〈黒き救世主と黒き子羊〉というサイトだった。

何でもありのネット社会には、猟奇犯罪や凶悪事件に興味を持ち、それについて飽きず語り合うサイトがあっても不思議はない。野次馬根性丸出しのものから、事件解決や再発防止を望む生真面目なものまで、その多くは、事件が発生してメディアが騒ぐなかで誕生し、報道が沈静化するに連れてしぼんで消えてゆく。今までもそうだったし、これからもそれを繰り返すだろう。

しかし、少年Aこと柴野和己の事件の場合は、少し違った。これが十四歳の少年による〈自衛の犯罪〉だったことが、当時の報道に触れた人びとの一部──おそらくは事件当時の和己と同年代の少年少女たちの一部に、この事件をただ消費して忘れてしまうことを許さなかったのだ。そしてそれが、あるきっかけで形を成した。

柴野和己が発見したというサイトは、歴史の古いものではなかった。六年ばかり前にできたサイトだ。仰々しいようなおどろおどろしいような、人によってはギャグだと思うようなタイトルからは思いがけず、管理はしっかりなされている。これまでの経緯についても手際よくまとめられていた。

発端は、巨大掲示板へのひとつの書き込みだった。ハンドル名を〈てるむ〉と名乗る人物の、こんなコメントだ。

〈埼玉の教室ジャックの少年Aが、鑑別所で自殺したんだって〉

六年前なら、確かに和己は少年鑑別所にいた。だが、このころには既に寺嶋氏との面会にも応じていて、徐々に明るさを取り戻し、社会復帰についても現実問題としてとらえるようになっていた。もちろん自殺を試みてはいない。だからこれは誤報であり、デマなのだが、書き込んだ人物は「ちゃんとした情報源から聞いた」と主張して、引き下がらない。

〈死刑になりたいって言ったのに、生かされちゃったからですね。でもこれで、やっと彼が願ったとおりに生まれ変われるんだから、よかったですね〉

和己が死刑を望み、生まれ変わることを願ったという、これも事実ではない。ただ鑑別所で自殺したという完全なデマとは違って、こちらの方には一定の根拠があった。公判中に、確かにそういう報道があったのだ。

ある週刊誌の〈独占スクープ〉だった。「教室ジャック少年Aの供述調書を入手した」とうたって派手に書き立てたのだが、二週間で尻すぼみになった。スクープの根拠となった当の供述調書とやらが、捏造《ねつぞう》だということが判明したからである。

こうした事件の報道に、当事者や関係者の供述調書は貴重なネタ元となる。だが成人の事件でもそうだし、少年事件ではなおさらだが、そんなものが右から左にメディアの人間に流れるわけがない。仮に入手できたとしても、まともなジャーナリストなら、それを情報源として使用する際には慎重に扱うものだ。

　この独占スクープでは、その点がまず開けっぴろげ過ぎておかしかった。記事が出ると即座に検証の動きが起きた。もちろん弁護団も激しく抗議した。記事のなかで少年Aの供述とされているものは、一から十までデタラメだ、と。

　このネタは契約ライターの持ち込みで、掲載にあたっては編集部内でも慎重論が強かったらしい。件《くだん》のライターは以前にも捏造記事問題を起こしたことがあり、業界の一部では詐欺師《さぎし》扱いされている人物でもあった。反響の大きさにあわてた編集部は遅まきながら検証作業を始め、結局は記事を撤回して謝罪する羽目になった。

　そして、少年Aが取調官に「死刑になりたい云々《うんぬん》」と話したというのは、この捏造記事のなかのエピソードなのである。

〈黒き子羊〉のサイトのなかには、公には抹消されたはずの記事の全文が載せられている。そのなかで、今後どんな処分を受けることになると思うかという取調官の問いに、少年Aはこう答えている。

――死刑になりたいです。未成年者だからって、死刑にならないのはおかしいと思う。

――僕は死んで生まれ変わる。人間を超える存在になって、またこの世に戻ってくる。

そして母や柏崎みたいな悪い人間を退治するんです。僕みたいな悲惨な目にあっている子供たちとか、女の人たちとかを救いたい。

さらにこの独占スクープでは、この供述調書が公判に持ち出されず、闇《やみ》から闇へ葬られてしまったのは、少年Aがこのような誇大妄想的な空想にとらわれていることを明らかにすると、少年を罰したい検察側にとっても、少年を保護したい弁護団にとっても、双方に等しく〈都合が悪い〉からだという、もっともらしい解釈まで付けていた。

要するに、何から何まででっちあげだったのだ。だが、一旦「報道」として世に出た情報は、とりわけ今日のようなネット社会では、完全に消え失せることがない。ハンドルネーム〈てるむ〉は、その消え残ったものに接触し、信用したというわけだ。

当の巨大掲示板では、すぐに活発なリアクションが起こった。おおかたは〈てるむ〉を諫《いさ》めるか揶揄《やゆ》するものだった。なかには、立場上こういうところに書き込むのは憚《はばか》られるのだけれど、看過できないからと断った上で、

〈教室ジャックの少年Aは自殺などしていません。鑑別所で社会復帰を目指して頑張っています。彼の名誉のためにも、そのような誤情報を信じないであげてください〉

と書き込む人物もいた。

しかしこうした動きにも、〈てるむ〉は態度を変えなかった。むしろ頑《かたく》なに自説に固執して、少年Aが自殺したという情報は確かだ、彼の自殺は、彼を鑑別所なんかに放り込ん

だ国家権力にとっては敗北だから、絶対に認めない、真実というものはいつもこうやって隠されてしまうのだと主張を続けた。

そのうちに、彼に賛同するグループが生じた。彼に味方し、彼が訴える「少年Aが生まれ変わって人間を超えた存在になる」というストーリーに共感し、共振する。

ネット社会に馴染みが薄くても、そこでやりとりする人びとが、常に「本当のこと」「本当の自分」を語っていると信じるほど、わたしも純朴ではない。特にこういうトピックを巡っては、単純に話の成り行きを面白がって参加する者もいるだろう。だがそれを差し引いても、〈てるむ〉の主張に賛同する人びとの書き込みからは、彼らをそう駆り立てる何か、興味以上の何かが伝わってきた。

彼らのなかには、〈自分も親に虐待されている〉〈夫に殴られている〉〈友達のうちが少年Aのうちとそっくり〉と進んで打ち明ける人びともいた。だから少年Aの気持ちがよくわかる。彼のように思い切った行動をとれない自分がもどかしい――

それもどこまで真実かわからない。実際、彼らの告白や告発もまた、〈てるむ〉の主張と同じように諌められたり揶揄されたり、手加減抜きで罵倒《ばとう》されたりした。

ほどなく〈てるむ〉が、彼らのグループのためのサイトを立ち上げる。サイトの名前は〈犠牲《いけにえ》の子羊〉だった。安心してやりとりできる場所を確保して、グループのメンバーたちは、ますます熱っぽく彼らのストーリーを語るようになった。

〈そもそも少年Aが裁かれたのがおかしかった。彼の方こそ犠牲者で、正義の人なのに〉

〈自殺したことで、彼はやっと自由になったんだ〉

〈父親に虐待されてます。毎日、死んでしまいたいくらい辛《つら》い。誰も助けてくれない。少年Aがホントに生まれ変わって、うちの父親を殺してくれたらいいのに〉

〈今、彼はどこにいるんだろう？　どうすれば彼に会えるんだろう？〉

少年Aに会いたい。どうすれば彼の魂と接触できるのだろう。生まれ変わってくる彼は、どんな姿をしているのだろう。我々の目に見えるのだろうか？

サイトのなかに、そんな問いかけに応じる者が現れたのが、「犠牲の子羊」が立ち上がって半年ほど経《た》ったころのことだ。

この人物は、〈てるむ〉のような実務的なまとめ役ではなく、教祖だった。ひとつの空想を宗教的ヴィジョンにまで高め、その空想を共有するグループを〈信者〉の集団へと変えることのできる力を持っていたのだから、そう呼んでもいいだろう。

〈我が名はユダス・マカバイオス〉

そう名乗って、その人物は「犠牲の子羊」たちの前に現れた。風変わりなこの名は、紀元前二世紀ごろ、ユダヤ教を奉じるユデヤ地方で、この地を支配する異教の王の暴虐に耐えかねて独立戦争を起こしたユダヤ人の指導者の名前だ。ヘブライ語で「鉄槌《てっつい》のユダ」という意味になる。この場合のユダは単にユダヤ人の男性の名前であって、新約聖書に登場するあの裏切り者のユダではない。

〈私は預言者〉だと、「鉄槌のユダ」は宣言した。〈「油を注がれた者」の到来を待ち受け、子羊たちを彼の元へ導く者〉であると。

「油を注がれた者」とは、これもヘブライ語の直訳で〈救世主《メシア》〉を意味する。そうした宗教的雑学と正義と復讐《ふくしゅう》と救済の物語を駆使して、「鉄槌のユダ」はまたたく間に「犠牲の子羊」たちを煙《けむ》に巻いてしまった。あるいは掌握してしまった。この場合はどっちでも同じだ。

まともな大人の目には、現実と空想（または願望）の境目を見失っているという点では、もともとのメンバーの子羊たちよりも、「鉄槌のユダ」の方がより深く混乱しているように見えるだろう。ユダの語る物語は単純な善悪二元論で、今の世界は悪魔に支配されており、腐りきっていると説く。だが時が満ちれば神が地上に降臨され、悪魔の軍勢との最終戦争を始める。そして完全な勝利を収め、地上に真の幸福を実現する千年王国を築く。そこに暮らす資格のある者たちは、神の軍勢で雄々しく戦った戦士たちと、かつては悪魔とその下僕どもに虐げられ、苦しみ抜いた末に救済された犠牲者たちだけだ——

物語のなかにちりばめられたガジェットの大方は、新約聖書の「ヨハネの黙示録」からの借り物である。それも原典を理解して流用しているというよりは、映画や小説やコミックなどから得た二次的な知識を、好きなように継《つ》ぎ接《は》ぎして使っている。

だがそれでも、いやそれだからこそ、「犠牲の子羊」たちには強くアピールしたのかもしれない。彼らは（そしてわたしたちも）、聖書を知らなくても「黙示録」なら知っている。ローマン・カトリックの教義を知らなくても、「第七の封印」や「蒼白《そうはく》の騎士」や「大いなる赤き竜」なら知っている。「ハルマゲドン」を知っている。理解していなくても、想像を喚起する材料を知ってさえいればいい。「鉄槌のユダ」の言葉は、それ自体が持つ説得力よりも、その背後に見え隠れする既存の創作物の豊かな物語性や鮮やかなイマジネーションによって、子羊たちの心に届いたのだ。

ユダは子羊たちに、〈黒き救世主〉の出現こそが、最終戦争の予兆だと訴えた。地上に降り立ち、そこに跋扈《ばっこ》する悪魔の下僕どもを平らげ、犠牲の子羊たちを救済しながら、神の軍勢に加わる正義の戦士を集めることが、〈黒き救世主〉の聖なる任務なのだから。

その荒唐無稽《こうとうむけい》の度合いまでもがありふれていて、幼稚な筋書きだ。こんなものに興奮する子羊たちに、時折、外部からの来訪者たちが水を差そうと試みた。ある来訪者は、「鉄槌のユダ」の君臨をあっさりと許し、命じられるままにサイト名も変更し、熱心な信者兼管理者として粛々とサイトの運営に努める〈てるむ〉の正体は、件の捏造記事を週刊誌に持ち込んだライター本人ではないのかという疑義を呈した。彼はこんな形で、自分の捏造した物語が生き延びることを嬉々《きき》として見守っているのではないか、と。

あるいは〈てるむ〉は、ネットのなかで一種の社会学的な実験を行っている研究者ではないのか、発端となった「少年Aが自殺した」という情報も、彼が意図的に仕掛けたものではないのかと問いかけた来訪者もいた。だから〈てるむ〉は、どれほど「それは誤情報だ」「情報源を教えろ」と迫られても応じずに、主張を変えなかったのではないか。〈おまえらのうちの誰か一人でもいい。今まで、本当に柴野和己が死んだのかどうか、事実を確認したヤツはいるのか〉

そう詰問した来訪者もいた。

どれも鋭い突っ込みだ。だが、子羊たちが揺らぐことはなかった。少しは動揺し、グループを離れる者がいても、冷静になれ、ちょっとは自分の頭で考えてみろと呼びかけるそれらの来訪者たちが呆《あき》れて、あるいは飽き飽きして去ってしまうと、またいつの間にか戻ってくる。

この五年のあいだに、多少のメンバーの増減と、盛り上がりと盛り下がりの波を繰り返しながらも、今や子羊たちは自立的な空想を〈教義〉として信奉するまでに至った。少年Aが自殺したことも、死後生まれ変わって人間以上の存在になり、この世に戻ってきたことも、彼らにとっては既に事実だ。その事実の上に、彼らは彼らの歴史を刻んでいる。

黒き救世主は帰還した。大いなる力と正義の体現者としてこの世に戻り、幼い子供たちや力弱い女たちを虐げる悪魔の下僕どもと戦い、勝利を重ねている。その戦果を、黒き子羊たちはその目で確かめることができる。

造作もないことだ。ネットにもテレビにも新聞にも雑誌にも、今日も日本のどこかで発生した事件や事故のニュースが溢《あふ》れているのだから。

「鉄槌のユダ」は、それらのひとつを取り上げて、子羊たちに告げる。

「これは黒き救世主の御業《みわざ》である」

それだけでいいのだ。ひとたびユダがそう指させば、何の根拠も裏付けも示さずとも、不幸だがありふれた家庭内の殺人事件が、建設現場の死傷事故が、流しの強盗殺人事件が、鉄道への飛び込み自殺や海難事故でさえもが、そこに悪魔の下僕と虐げられし者がいて、その者を救うため、黒き救世主が鉄槌を下したしるしとなる。それはまぎれもなく〈聖戦〉なのだ。

ユダの指し示した事件や事故のなかに、黒き子羊たちは虐げられし者と悪魔の下僕を見出す。かつて少年Aがそうだったように、虐げられし者が加害者として指弾されることもあれば、悪魔の下僕が被害者として報じられることもある。だが、子羊たちはそんなものには騙《だま》されない。報道が届かず、司法も警察の力も及ばないところに、彼らの真実はあるのだから。その真実が、彼らにはわかる。捜査も取材も必要ない。彼らにはわかる。

その一方で、子羊たちの目には、黒き救世主の姿は見えない。まだ時が満ちていないからだ。今はまだ、黒き救世主の姿を認め、その足跡を知ることができるのは「鉄槌のユダ」ただ一人。ご都合主義きわまるこの設定に、子羊たちは一欠片《ひとかけら》の疑問も挟まない。

〈信じれば、いつかわたしも救われる〉

子羊の一人、母親の交際相手から性的虐待を受けているという少女が、繰り返し繰り返しそう綴《つづ》っている。

〈いつかわたしのもとにも、黒き救世主が訪れる。わたしを救ってくださる〉

自分の名前をキーワードに、ネット世界を探索して、初めてこのサイトを見つけたときの柴野和己の驚きは、察するに余りある。なにしろ彼はとっくに死んだことになっているのだ。死んで蘇《よみがえ》り、何だか知らないが悪《あ》しき者どもと戦い、それを平らげているのである。そして救世主だと崇《あが》められているのである。

「最初のうち、和己は一人で悩んでいたようです」と、寺嶋氏は言った。

あまりにも面妖《めんよう》で現実離れした話なので、その時点では、どう対処していいかわからなかったのだろう。

「何か悪い冗談なんじゃないかと思ったと、あとで話してくれました」

――でも、こんなふうに書かれるなんて、僕はやっぱり死んだ方がよかったってことなのかな。

うち沈んだ表情で寺嶋氏に打ち明けたのが、先月の半ばのことだった。

「私も保護司の社長さんもそのサイトとやらを見て、びっくり仰天しましたよ。呆れ返るばっかりで、和己に何て言っていいやら」

さすがに保護司は立ち直りが早く、まず和己に、こういうものが存在することについて、君には一切責任がないと言い聞かせた。君は必要な医療を受け、罪を償って立派に社会復帰した。この連中と君には何の関わりもない、と。

「それで、和己にネットを見るのもやめるように勧めたんです。とにかくしばらくのあいだは駄目だって、パソコンも取り上げて」

自分の日常生活を大事にしなさいと説かれて、和己も納得したようだったという。

「でも、あれは怯《おび》えていました。だって無理もないでしょう。一度目にしちまった以上、忘れることはできませんよ」

寺嶋氏と柴野和己の父子関係は、今もまだ修復中というか、構築中だ。互いのなかに遠慮が残り、深く踏み込み切れない部分がある。その原因は、少なくとも寺嶋氏の側でははっきりしている。

「私は和己の過去を知りませんからね。事件を起こす前の生活のことも、警察で調べられてたころのことも、裁判の当時のことも、医療少年院や鑑別所でどんなことがあったのかだって、所詮《しょせん》は又聞きです。それだって、和己にはまだ私に打ち明けられずにいる部分があるでしょうし、私も、すべて聞き出せる勇気が自分にあるとは思えない。自殺のことだって、和己も、ひょっとすると一度や二度は考えたことがあったかもしれません。実行しなかっただけでね」

ただ、それでも確信を持って言えるという。

「和己は事件を起こして――そりゃ二人も人を手にかけちまったけど――それでようやく救われたんです。弁護士さんたちとか、医療少年院や鑑別所のスタッフや教官の人たちとか、今は保護司の社長さんですけど、ああいう人たちが、みんなで和己を助けてくれた。だから今の和己は、罪は罪として一生背負っていくつもりだけど、自分が被ったいろんな辛かったことも、自分がやっちまったことにも、ちゃんと向き合えるようになりました。時間を戻せるもんなら事件の前に戻って、直子のことも柏崎のことも殺さずに、あの状況から逃げ出したり、状況を変えたりしたいって言っています。人殺しはいけない、どんな場合でも、それだけはやっちゃいけないことなんだって言ってるんだ」

それなのに、あの連中は――

「そんな和己を勝手に祭りあげて、また人殺しをさせてる。それで救世主とか、ふざけやがって」

保護司のもとに身を寄せていても、二十四時間監視されているわけではない。もちろん拘束もされていない。それでも、出所してから一年ほどのあいだは、和己は一人で外出することができなかった。誰かが自分に気づくのではないか、どこかで指さされるのではないかと思うと、怖くて家から出られなかったのだそうだ。

「それを社長さんや私が連れ出して、だんだん慣れてきましてね」

　ところが、和己がそういう形で自由を取り戻していたことが、この件では災いした。いくら寺嶋氏と保護司が「忘れろ」と言い聞かせ、パソコンを取り上げても、ちょっと歩けばそのへんに、ネットにアクセスできる場所などいくらもある。

　不安に苛《さいな》まれた寺嶋氏は、わたしのような調査員を雇う前に、素早く行動した。彼自身で、外出する和己のあとを尾《つ》けたのだ。

「二人でぶらっと出かけて別れた後に、あれがどっかへ行くかもしれないと思ってついていっただけですから、そんな難しいことじゃなかったですよ」

　案の定、和己は繁華街のネットカフェに入っていった。

「そういうことが二度ありましてね。二度目には、思い切って声をかけたんです」

　和己は怒らなかったという。

「やっぱりあのサイトを見ていて、また新しい事件のことを〈聖戦〉だって騒いでるって、青い顔をして教えてくれました」

　さらに和己は、自分がこのサイトに書き込んでみようかと思っていると言った。

「ちゃんと名乗って、柴野和己は自殺なんかしてない、生きてます、僕が本人ですって教えれば、目が覚めるメンバーもいるんじゃないかって」

　寺嶋氏は猛反対し、必死でとめた。そんなことをしても効果はない。連中は本気にしなくって、おまえが辛い思いをするだけだ。こういう奴らの考えを変えさせることなんか無理だよ、と。

「和己はまだ保護観察中の身です。こんなものに関わって、もしも何かトラブルに巻き込まれたりしたら、鑑別所に逆戻りだ」

それ以上に寺嶋氏は、殺人や復讐の話を軽々しく語る子羊たちによって、和己が心の均衡を失ってしまうことを恐れた。

「こいつらがどこまで本物の犠牲者なのか、私にゃわかりません。知ったこっちゃない。だけど、和己は確かに犠牲者なんだ。やっと立ち直って、人生をやり直そうとしている犠牲者なんだよ」

父親の説得に折れたというよりは、彼の恐怖と不安が伝染したせいかもしれないが、和己はサイトに書き込むことをやめた。だが、保護司を通して当局に相談し、〈黒き子羊〉たちが柴野和己をネタにした勝手な妄想を繰り広げることをやめさせようという寺嶋氏の提案には、今度は彼の方が強く反対した。

――そんなことをしたら、かえって大事《おおごと》になっちゃう。下手《へた》したらまたマスコミに嗅《か》ぎつけられて、父さんの家族にも迷惑をかけちゃうよ。

どんな言論でも、権力によって弾圧されるべきではないとも言ったという。

――上から抑えつけようとしたら、もっと頑なになるだけだと思うし。

確かに、柴野和己は平均以上の知性の持ち主だ。

父子は話し合った。このことは二人だけの秘密だ。もう誰も巻き込まないし、誰にも漏《も》らさない。保護司には何事もなかったようにふるまおう。

「あれはね、私にこう言いました」

――あの人たちがね、ただ座り込んでいつかは救われるとか思ってるだけなら、それは僕にはどうしようもない。

――でも、あそこの書き込みを見てると、違う人たちもいる。

ただ救いを待つばかりではない者たち。

〈毎晩、蒲団《ふとん》のなかで祈ってます。おれにも勇気が湧《わ》いてきますように。おれにも、悪を倒す力が宿りますように〉

〈自分の手で敵を倒して自分を救えれば、わたしもただの信者じゃなくて、黒き救世主の戦士になれるよね？〉

〈早く黒き救世主に認められて、神の軍勢に加わりたい〉

進んで敵を求め、倒そうとする者たち。

「そういう連中は、誰かを殺そうと思ってるってことでしょう？　もちろん和己は関係ありませんよ。関係ないけど、和己は何か、一種の手本みたいになってるわけだ」

――放っておけないよ。

「もし、それで事件が起こったら、自分の責任だって言うんです」

寺嶋氏はカッとなったという。

「それでも放っとけと言いました。言っちゃならんことだけど、言っちまったんですよ。そうやって殺される奴らは本当に悪い奴らなんだろうから、おまえが気にするなって」

取り乱す父親に、柴野和己は冷静に切り返した。

——父さん、どんな悪い奴でも、殺していいなんてことはないよ。僕がやったことは間違いだったんだ。

「いいやおまえは間違っちゃいなかった。俺がその場にいたら、おまえを守るために、俺がこの手で直子と柏崎を殺してたって、私はそこまで言いました。だけど和己は」

違う、それは間違いだと繰り返した。かつて心を殺され、機械のようだった少年は、怒りに我を忘れる父親を静かに宥《なだ》める、沈着な若者に成長していた。もう感情がないのではなく、感情を抑制する術を身につけたのだ。

——それに父さん、考えてみてよ。もっともっと悪い可能性だってあるんだ。この書き込みをしてる誰かが、勝手に自分を被害者だって思って、勝手にまわりの人を敵だと思って、悪魔の下僕だからやっつけてもいいんだって、決めつけてるだけの場合だってあるかもしれないじゃないか。

——自分たちだけが真実を知ってて、正義を行えるって思う人は、何でかわかんないけど、そういう方向に行っちゃうんだよ。

殺人者が殺人を志願する狂信者を憂う、これほど説得力のある言葉はめったに聞かれないだろう。

「それで私ら、一生懸命考えたんです。いったいどうすればいいだろうってね。皮肉な話だけど、私はあれと同居してないから、そういうときには携帯電話やメールがうんと役に立ちましたよ。二人で親密に話し合うのは、何ていうか」

こんな場合でも、私には嬉《うれ》しいことだったと寺嶋氏は言った。

「連中が〈聖戦〉だって騒いでる事件を取り上げて、それをよく調べてみたらどうだろうって、和己が言い出したんですよ。できるだけ最近の、殺人とか強盗とかじゃなくて、あんまり目立たない事故とかがいい。詳しく報道されてないからこそユダが勝手なことを言えるわけだし、信者の連中もいろいろ妄想できるわけだからね」

そうやって調べた事件の詳細と、そこで死亡した人物や残された家族の情報をサイトに書き込んでみたら、少しは効き目があるかもしれない。

「こんなときに、運良くなんて言い方をしちゃいかんけども、うってつけの事件がひとつあったんです」

今年の一月十九日のことだ。千代田区内のビルの立体駐車場で、ドライバーの操作ミスで車が急発進し、地上四階の高さから落下して死亡したという事件だった。

「柵《さく》をぶち破って落ちて、車は裏返しになってぺっちゃんこですよ」

　このドライバーは四十五歳の会社員で、妻と十二歳の娘がいた。〈黒き救世主と黒き子羊〉では、彼が娘に性的虐待を加えていたと〈解読〉していた。故に黒き救世主が制裁を加えたのだと。

「おたくさんみたいな商売の人なら、こういう事故を調べるときだって、何をどうしたらいいのかすぐわかるんでしょう。でも私も和己も素人だからね。とにかく最初は現場に行ってみようって、二人でその立体駐車場へ行ったんです」

　それが先週日曜日の午後だという。

「壊れた柵は修理されてて、事故の跡はどこにも残ってませんでした。私ら、車が落ちたっていう場所に並んで立って、見上げてね、こんなところから落ちたらひとたまりもないなあって、私なんかそのくらいのことしか思いつかなかった」

　ふと見ると、柴野和己の顔色が変わっていた。凍りついたように立ちすくみ、頭上を仰いだまままばたきもしない。

「どうしたんだって肩を叩《たた》いたら、夢から覚めたみたいになりましてね」

　――父さん、今の見た？

「何の話だって、私は訊きましたよ。でっかい立体駐車場だった。柵は車のボンネットくらいの高さしかないけど、下から仰いだんじゃ、高いところにある車は見えない。人の姿も見えなかった」

すると和己は、空気を抜かれたようにその場に座り込み、頭を抱えた。

――そうか、父さんには見えないんだね。

「僕にしか見えないのかって言うんです」

何を見たのかと、寺嶋氏は問い詰めた。和己は答えなかった。うずくまって震えだし、帰ろうと言った。

――もう、何にも調べなくたっていいよ。無理だから。意味ないから。

いたよ、と言った。

――黒き救世主がいた。

化け物だ、と言った。

「人間じゃないよ。だけど父さん」

――あれは僕の顔をしていた。

「鉄槌のユダ」にしか目にすることができないという〈黒き救世主〉を、和己は見たというのだった。

「それ以来、和己は連中のことはひと言も口にしなくなりました。もういい、もうわかったからいいって言うだけです」

だから寺嶋氏は、わたしの事務所を訪ねてきたのだ。

「東進育英会の橋元さんは、詳しい事情を知りません。私はあの人に嘘八百《うそ》を言ったんです。自分が調査を依頼したいんだってことも、実は話してない。うちのお客さんに、子供のことで悩んでる人がいるんだけど、いい調査会社を知らないかって訊いただけで」

事故の遺族に十二歳の少女がいるのだから、嘘八百ではないかもしれないけれど。

「おたくさんは子供相手の調査に慣れてるし、子供は突飛《とっぴ》なことを言うからね。たいていのことには驚かないし、それに口も固いって、橋元さんはあんたを褒めていた」

だからお頼みしますと、寺嶋氏は私に頭を下げた。

「調べてください。事故のことでも、和己が見たっていうもんでもいい。何でもいいよ。私にはもう何が何だかわからない」

事故は本当に〈聖戦〉であり、制裁であったのか。

柴野和己は何を見たのか。

「鉄槌のユダ」が説き、黒き子羊たちが信じる〈黒き救世主〉の姿を見たというのか。何故《なぜ》、それを〈化け物だ〉と言ったのか。それが彼の顔をしているなどと言ったのか。

わたしも、切実に知りたかった。

4

わたしは必要な調査を行い、揃《そろ》えるべき資料を揃えた。一月の車両転落事故に、謎《なぞ》らしい謎はない。事象としては、それは不運な事故以外の何ものでもなかった。

写真を撮るために現場へ足を運び、わたしは寺嶋氏と和己が立った場所に立ち、立体駐車場を仰いだ。レンズも向けた。

修繕の痕跡《こんせき》さえ薄れかけたそこに、佇《たたず》む〈黒き救世主〉の姿は見えなかった。柴野和己の顔をした化け物は見えなかった。現像した写真にも、何も写ってはいなかった。

寺嶋氏には頻繁に連絡した。調査の進み具合を報告するというのは名目で、わたしは現在の柴野和己の様子を知りたかったのだ。

いくらか元気がない、という。今も保護司のもとではパソコン使用を禁じられているが、ときどきネットカフェに行き、〈黒き救世主と黒き子羊〉の監視を続けているらしい。らしいというのは、

「私が水を向けても、和己はあの連中のことはしゃべりません。嫌がって話題をそらそうとするんですよ」

——もういいんだよ、父さん。

「だから確かめることはできないんだけども、態度でわかるんです。私と飯を食ったりしてても、ときどきぼうっと考え込んで」

和己の暮らしぶりは変わらず、仕事上の問題もないという。五月の連休には一泊の社員旅行が予定されており、社長は張り切っているし、和己もその話題になると楽しそうだという。

「私が余計なことをしてるんだといいんですがね。あれが本気で、もういいんだと言ってくれてるなら有り難いんだけど」

いいはずがない。彼は何かを見たのだから。

いったい何を見たのか、わたしは知りたい。だから時間を稼ぎ、同時に待っていた。もっともふさわしい形で柴野和己に会うために。

長く待つ必要はなかった。曇《くも》りがちの空の下に桜が咲き始めたころ、またひとつ事件が発生したからだ。

家庭内の殺人事件だった。都内の公共住宅の一室に住む中学二年生の少女が、包丁で母親を刺し殺したのだ。母子家庭で二人きりの暮らしのなかで、自分の生活や交友関係にうるさく干渉する母親が邪魔だった、母親さえいなければすっきりすると思ったと、少女は殺人の動機を語った。柴野和己ほど冷静ではないだろうし、彼ほど語彙《ごい》が豊かでもなかろうが、率直で悪びれないという点では和己に勝っているようだった。

やがてはこの少女も、反省の弁を口にするのだろう。後悔に泣き、亡き母親に謝るのだろう。必ずそうなることに決まっているし、たぶんこのケースでは、それが正しい。

「鉄槌のユダ」は、この事件を「黒き救世主の御業《みわざ》である」と指し示さなかった。沈黙を守っている。なのに、子羊たちの一部からは反応が起こった。

〈これも御業じゃないの？〉

〈僕たちが黒き救世主の行いを見分けられるかどうか、試されてるんじゃないかな〉

〈だってこの女の子は、お母さんに人生を支配されてたんでしょう？　奴隷みたいに縛られてたんだよ。あたしと同じ〉

御業だ、御業だ、御業だ。囁《ささや》きがサイト内で広がってゆく。わたしはそれを見ていた。柴野和己も見ているに違いない。

――自分たちだけが真実を知ってて、正義を行えるって思う人は、何でかわかんないけど、そういう方向に行っちゃうんだよ。

そう、これもその方向のひとつだ。ユダが沈黙していようと、こんな派手な表現型を持つ事件を、子羊たちが黙って見過ごすわけはないのだった。盲信あるいは妄信というものは、ある段階から自立した生きものになる。カルトの教祖が往々にして信者たちもろとも破滅するのは、そうやって制御不能となった信仰に喰《く》われるからなのだ。

黒き子羊たちに、もう「鉄槌のユダ」は要らない。

わたしは寺嶋氏に連絡し、柴野和己に会いたいと申し出た。

「女子中学生の事件で動揺しているところでしょう。今会えば効果があります」

寺嶋氏は同意したが、わたしが和己と二人きりで話したいというと、強く抵抗した。

「あんた一人に任せるわけにはいかない！」

「息子さんには、父親のあなたがいない方が、楽に話せることがあるはずです」

「あんたのこと、和己に何て説明すりゃいいんです？」

「ありのままの事実をおっしゃればいい」

「和己はあんたに会いたがりませんよ」

それならばと、わたしは言った。

「息子さんに伝えてください。わたしは彼が見たものの正体を知っている、と。それが何なのか、彼に教えることができる」

「あんた――」

突き止めたんですかと、寺嶋氏の声が割れた。

「誰よりも先に、まず息子さんに知らせるべきです。彼にはその権利も資格もあります」

柴野和己は、わたしの申し出を受けた。


二十六歳の今、彼はひ弱な少年から、華奢《きゃしゃ》な若者になっていた。容貌《ようぼう》は端正だ。美容室ではなく理髪店で調えているに違いないさっぱりした髪型に地味な身なりで、ピアスもネックレスもつけていない。それでもどこか人目を惹《ひ》くところがあった。彼の過去を知らない者の目には、音楽家か画家か小説家か、何らかの形で創作の道を志す繊細な若者に見えるかもしれない。

「二時間だけですよ」と寺嶋氏は言った。「今日は、和己は一日私と出かけてることになってるんです。きっちり二時間で、私は戻ってきますからね」

「心配しないでいいよ、父さん」

いかつさなど微塵《みじん》もない柴野和己の容貌は、母親譲りなのだろう。寺嶋氏の面差しを受け継いではいない。だがこの父子は声が似ていた。電話で聞いたら、どちらか区別がつかないかもしれない。

「映画を観ておいてよ。あとで社長さんに感想を聞かれたら困るから」

「話が済んだら、映画は一緒に観りゃいい」

若者は苦笑した。「でも父さん、時間のつぶしようがないじゃない」

「そんなことはどうでもいい」

息子に背中を押されるようにして、振り返り振り返り、寺嶋氏はわたしの事務所を出ていった。

柴野和己は父親のように、事務所のなかを見回して、わたしの人品骨柄を裏付ける品を探そうとはしなかった。勧めると、すぐ応接セットのソファに腰をおろした。緊張しているようにも、不安げにも見えなかった。むしろさっき出ていった父親の方が問題を抱えていて、彼は付き添いに来たかのようだった。

「女性の調査員というのは、やっぱりまだ珍しいんですか」

束ねた書類を収めたファイルを手に、事務机の前に立つわたしを見上げて、そう訊《たず》ねた。

「そうでもありませんよ。この業界にも、男女雇用機会均等法の影響は及んでいるんです」

　彼は笑わなかった。そうですかと、生真面目に応じた。

「あなたは本当に調査員なんですか」

「どうしてそんなことを訊くんです？」

「本当は、カウンセラーとか医者じゃないんですか」

　わたしが答えず、首をかしげて見つめ返すと、彼はまばたきして視線を下げた。

「何か、そんなふうに見えるから。調査員なんかには見えない」

「あなたはこれまでに、カウンセラーや医者には何人も会ってきたでしょう。でも、調査員なんかに会うのは初めてじゃないですか。どうして見分けられるのかしら」

　若者は素直に、すみませんと言った。「失礼な言い方でした」

「かまいませんよ。気にしないで」

　柴野和己は思いきったように目を上げると、わたしと、わたしの手にしているファイルを見た。

「本当は、あなたが父に〈僕が見たものの正体を知っている〉と言ったから、そう思ったんです」

「その台詞《せりふ》が、カウンセラーや医者の言いそうなことだったから？」

「それじゃ伺いましょう。カウンセラーや医者だったら、あなたが見たものの正体は何だと言いそうですか」

彼の視線は動かなかったが、瞳の焦点が一瞬だけずれた。自分の内側を見たのだろう。

「幻覚です」

冷静な口調だった。かつて十四歳のときにもそうだったように。

「父には心配をかけたくなかったから、言えなかった」

「だから、もう何もしなくていいと言ったんですか」

表情を変えずに、静かにうなずいた。

「昔も、ときどきこういうことがあったんです。事件を起こしたころに」

「ありもしないものを見た？」

「現実にはないものなのに、確かにそこにあるようにはっきり見えて」

「どんなものを見ました？」

「食べ物とか」

即答だった。

「ケーキとかパンとかです。食べようとして手を伸ばすと、ちゃんと触れた。でも口には入らないんです。それで、パッと気がつく。これは現実じゃないって」

「そうです」

彼は慢性的に飢えた子供だったのだ。

「あと、学校の先生がアパートの玄関に立ってるとか、うちの前にパトカーが停《と》まって、お巡りさんたちがぞろぞろ降りてくるとか。当時の僕が、そうだったらいいなと思うことが、ありもしないのに見えたんです」

彼は救助を求めている子供だったのだ。

「自分自身の姿も見たことがあります。何か天井ぐらいの高さに浮かんで、母とあの人と僕の三人を見おろしてるんです」

「あの人というのは、柏崎紀夫ですね」

答えずに、彼はかぶりを振った。「自分の身体《からだ》から魂だけが抜け出して、宙に浮かんでるみたいでした。そんなことあるわけないんだから、あれも幻覚だったんです」

その体験が起こったとき、彼と母親と柏崎が何をしていたのか、あるいは彼は何をされていたのかと、わたしは訊ねなかった。

体外離脱体験というのは、一定の条件下で、健常な人間でも経験するものだ。だが柴野和己の場合には、これは一種の緊急避難であり、軽度の乖離《かいり》症状だったのだろう。彼が置かれていた過酷な状況を考えればなおさらだ。

「誰かに話したことがありますか」

若者は少しためらった。「警察では話しませんでした。弁護士さんには、少しだけ」

「精神鑑定をされたでしょう？　そのときは」

「ちょっとだけ。あんまり詳しく話すと、嘘っぽくなりそうな気がしたから」

「嘘をついていると思われたくなかった？」

「それがいちばん、嫌でした」

「当時のあなたは、そういうことをちゃんと自分で判断できたんですね」

「でも、まともだったわけじゃないです」

まるでわたしが彼を非難して、それを心外に思ったかのように、声が強くなった。

「医療少年院にいるうちに、自分でもはっきりわかりました。すごく——助けてもらったから。だから実は、今度もあそこに相談に行こうかと思ってたんです」

「医療少年院に？」

「はい」

「お父さんにも、保護司にも内緒で？」

「僕の問題ですから」

「あなたはまた幻覚を見てしまったと」

「そうです」

迷いのない表情だった。

「あなたにはあるものが見えたのに、お父さんには見えなかったから、それは幻覚だと判断したんですね？」

　二度、三度と性急にうなずいた。

「どうしてまた幻覚を見るようになったのだと思います？　今のあなたの生活は安定していて、気持ちも安らいでいるのに」

　柴野和己はちょっと鼻白んだ。「だって、そんなのあなたも知ってるでしょう。あのサイトのせいです」

「黒き救世主と黒き子羊たちの作り話に、あなたも影響されてしまった、と」

「感化されたっていうか、感染しちゃったっていうか」

「どうしてあなたが感化されるんです？　あんなの、くだらない妄想でしょう。あそこに集っているメンバーだって、全体の何割ぐらいまでの人たちが本気なのか、わかったもんじゃありませんよ」

　彼はすぐには答えなかった。ふっと目の焦点が揺らいだ。それから肩を落として呟《つぶや》いた。「僕はまだ、まともになりきっていないんです。だからあの黒き子羊とかいう人たちを心配する資格なんかないんです。あの人たちを止めようとか、考えを変えさせようとか、そんなのとんでもない己惚《うぬぼ》れだった」

「だからお父さんにも、無理だと言ったんですね？」

　わたしは机を回って彼に近づき、ファイルを差し出した。

「車酔いする方ですか」

ファイルを受け取りながら、柴野和己はきょとんとした。

「車のなかで文字を読むと、気分が悪くなったりしますか」

彼はファイルを見た。「たぶん、大丈夫だと思いますけど」

「じゃ、行きましょう」

わたしは事務机の足元に置いたバッグを取り上げた。

「おんぼろのカローラですが、都内をのろのろ走るぐらいなら問題ありませんよ」

つられたように立ち上がって、柴野和己は訊いた。「どこへ行くんですか」

「中二の女の子が自分の母親を刺し殺した現場ですよ。今現在の黒き子羊たちのホットニュースです。行って、確かめてみたくはありませんか。また幻覚が見えるかどうか」

ドアに向かいながら、わたしは言い足した。「そのファイルの中身は調査報告書です。一月十九日の駐車場の急発進事故で死亡した男性と、彼の遺族についてのね」

最近改築された様子のある、四階建ての公共住宅だった。外壁のクリーム色はまだ新鮮で、窓のサッシは銀色に光っている。

事件のあった母子の部屋のドアは、全部で十棟あるこの公共住宅のなかを通り抜ける二車線の道路に面していた。わたしはそこに車を停めた。

日曜日の昼間のことで、人の出入りは多かった。敷地内に児童公園があるらしく、風にのって子供の声が聞こえてくる。気まぐれな天候もこの週末は落ち着くことに決めたようで、空は晴れて風もなかった。植え込みにはチューリップと三色スミレが咲いていた。道中、ずっと助手席でファイルを読んでいても、柴野和己は車酔いしなかった。それでも顔から色が抜けているのは、ファイルの内容のせいだろう。

車から降りるとき、彼はちょっとふらついて車体に手をついた。洗車していないボディに、うっすらと指の痕《あと》がついた。

現場検証はとっくに終わり、立ち入り禁止措置も解除されていた。ただ母子の部屋のドアには、まだ黄色いテープが貼《は》ってある。外廊下の手すりはコンクリート製なので、正面からでは視界が遮られてしまうが、外階段のある側から覗《のぞ》くと、テープに印刷された黒い文字まで見えた。

陽射《ひざ》しが目に入り、わたしは額に手をかざした。バッグにサングラスを入れるのを忘れてしまった。

柴野和己は手ぶらで突っ立っていた。さっきまで彼が読んでいたファイルは、助手席のシートの上に散らばっている。

「――何か見えますか」と、わたしは訊いた。

非常識で卑猥《ひわい》な言葉でも聞かされたかのように険しい顔をして、彼はゆっくりと首をよじり、わたしを見た。

「あなたの顔をした化け物は見えますか」

わたしは母子の部屋のドアを見つめていた。横顔に彼の非難の視線を感じた。

「立体駐車場のときは、頭上を仰いだらすぐ見えたんでしょう。今度はどうです？」

見えませんと、彼は呟いた。かすかに震える声だった。この父子は声の震え方まで似ていると、わたしは思った。

「幻覚なら、また見えるはずですよね」と、わたしは言った。「これも〈黒き救世主〉の御業なのだと、あなたも感化されてそう思っているのだから。救世主の姿が、あなたには見えるはずです」

柴野和己は答えず、さっきわたしがしたように、額に手をかざして母子の部屋のドアを見つめた。片手では足りないのか両手を使って、じっと目を凝らしている。

「見えないでしょう？　それでいいんです。見えなくて正解なんだから」

言って、わたしはバッグからもうひとつのファイルを取り出し、彼に渡した。

「こちらが、あの母子の事件の調査報告書です。母親の死体検案書も手に入りました」

手がわないて、彼はすぐファイルを開くことができなかった。

「全部読まなくてもかまいません。一ページ目だけで用が足りるはずです」

ひもじさに食べ物にかぶりつくように、彼の目がプリントアウトされた文字列に食いついてゆく。

「あの部屋で自分の母親を殺した少女は、札付きの不良でした」

さらに血の気を失ってゆく柴野和己の横顔を見つめて、わたしは言った。

「何度も警察に補導されているし、学校から登校停止処分をくらったこともある。公立学校では、よほどのことがなければそんな措置はとりません」

ページをめくり、柴野和己は殺害された母親の死体検案書を見た。

「そこに書いてあるでしょう。母親の身体には、日常的に殴打された痕跡《こんせき》が残っていた。火傷《やけど》や骨折の治った痕もある。あのドアの向こうでは、虐げられていたのは娘ではなく、母親の方だったんです。娘の問題行動をどうにかしてやめさせようと、必死で努力していた母親の方なんですよ」

だからこの事件は、〈黒き救世主〉の御業ではない。

「鉄槌のユダは、それを知っていた。だから子羊たちに示さなかったんです。この事件を指さしはしなかった」

それなのに、黒き子羊たちは勝手に騒ぎ、この事件も御業に違いないと祭りあげている。冒瀆《ぼうとく》だ。

「一月十九日の立体駐車場の事件とは違うんです。あちらは真の御業だった。言葉の本当の意味での、あれこそが御業でした。だからあなたは〈黒き救世主〉を見た。招かれて、その姿を見ることを許されたんです」

言い切ってしまってから、わたしは強くかぶりを振って、自分の言葉を打ち消した。

「いいえ、この言い方は正しくない。あなたがあそこで見たものは救世主じゃないんだから。救世主はあなたの方なのだから。あなたが見たものは――」

神ですと、わたしは言った。

「復讐の神、正義の神。好きなように呼べばいい。虐げられし子羊たちを救い、邪悪なる者に制裁を下す存在。鉄槌のユダが、その到来を待ち望んでいた存在です」

柴野和己の手からファイルが落ちた。足元で散らばったそれを呆然《ぼうぜん》と見つめて、そして彼はわたしに訊いた。

「――あなたは何ものなんです？」

頭のいい若者だ。何と聡明なのだろう。だからこそ救世主になり得たのだ。

わたしは彼の目の奥を見て、言った。

「我が名はユダス・マカバイオス」

わたしが「鉄槌のユダ」だ。

わたしは寺嶋氏に嘘をついたわけではない。柴野和己が事件を起こしたころには、わたしはこの仕事をしていなかった。都下のある大手調査会社に入社したのは十年前のことだ。

独立して事務所を構えてからは、七年ほどしか経っていない。

わたしは寺嶋氏に嘘をついたわけではない。

ただ、言わなかったことがあるだけだ。わたしは柴野和己の事件を知っているだけでなく、よく覚えていた。隅から隅まで知っていたと言っていい。ただ、リアルタイムでそうなったのではない。事務所を構え、仕事を続けるうちに、わたしの内側で何かが磨《す》り減ってきて、そんなとき偶然〈てるむ〉の書き込みを見つけた。〈てるむ〉が彼に共鳴する者たちを集めたサイトを立ち上げてからは、ずっとその動きを見守っていた。

見守るうちに、わたしはそこに幻想を見るようになった。子羊たちの大半よりは切実で、わたしに必要な幻想だった。

調査員として三年程度の経験しか積まずに、わたしは無謀にも独立した。やっていけるという確信があったからではなく、自分で権限を持たなければ、正しい解決へ導くことのできない事件があまりに多いと感じたからだ。

雇われ調査員だったころから、わたしはもっぱら、子供にかかわる事件にあたっていた。それはやはりわたしが女性だったからだろう。当時の上司もわたしが適任だと判断してくれたのだろう。

事実、わたしは有能だった。調査員として誠実でもあった。だからこそ、わたしはだんだん歯がゆくなった。だから周囲の忠告を振り切って独立したのだ。東進育英会の橋元理事に出会ったのはまったくの幸運で、最初からあてにできたわけではない。

子供にかかわる事件は、多くの場合、学校や家庭内で起こる。ほかのどんな場よりも固く閉じた密室だ。そういう密室では、第三者から見れば被害者と加害者が歴然としている場合でも、決着は常に曖昧にぼかされる。救われるべき者が救われず、傷は放置され、加害者が保護され、制裁を受けることもない。

わたしはそれに耐えられなくなった。独立すれば、上司に命じられるまま調査を打ち切ったり、公的機関への通報を止められたりすることはなくなると思った。

だが、わたしは間違っていた。うるさく横槍《よこやり》を入れる上司がいなくても、自分が自分のただ一人の上司となっても、わたしは一介の調査員に過ぎなかった。生徒間のいじめの実態を調査してくれと依頼してきた学校が、わたしが調べ上げた事実を隠蔽《いんぺい》しようと決めたなら、抗《あらが》う方法はなかった。教師による生徒への暴力を調べあげた場合でも同じだ。生徒が親から虐待されているようだから調べてくれと頼まれて、わたしが当の子供から決定的な証言を引き出しても、その子が同意してくれなければ、わたしは勝手に告発することはできない。依頼者が、その子供と親の両者が等しく教育と保護を必要としていると言い出せば、虐待の実態を暴露することはできない。

そこには正義などなかった。あるのは事なかれ主義だけだった。血の絆《きずな》や親子の情愛を妄信する性善説だけだった。

邪悪は地上を闊歩《かっぽ》していた。正義の価値は塵《ちり》よりも軽かった。

わたしは自分が敗残者のように感じた。それだけならまだよかった。事実を知っても何もすることができないという状況が続くうちに、わたし自身も共犯者であるように思えてきた。それが何より、最悪だった。

そんなとき、〈てるむ〉の書き込みを見たのだ。「犠牲の子羊」たちを知ったのだ。

最初から彼らをどうこうするつもりはなかった。どうこうできるとも思っていなかった。「鉄槌のユダ」を名乗って子羊たちの前に現れたのは、行き詰まった自分の人生と、一度も充分に果たされたことのないわたしのなかの正義を慰めるための、ほんの気まぐれに過ぎなかった。

〈黒き救世主〉が現れて、わたしの求める正義を実現してくれる物語。それを語って、やり場のない怒りを宥めていただけだった。

それなのに彼らは信じてくれた。

彼らが信じてくれたことが、わたしに力を与えた。わたしは語り、騙《かた》り続けた。騙りだと自覚していた。語って騙ってゆくうちに、自分のなかでそれらが真実になることはなかった。わたしはそれほど愚かではない。こんな物語が現実を変えてくれるかもしれないなどと、一秒でも思ったことはなかった。騙りは、いつかはやめなければならない。近ごろでは、そろそろ潮時《しおどき》だろうと思っていたくらいだ。その理由はほかでもない。柴野和己が危惧して、正しく指摘したとおりだ。子羊たちがユダの統制を離れて、暴走を始めそうな気配を感じたからだった。

そこへ、寺嶋氏が現れた。

柴野和己が現れた。

それまでわたしは、現実の彼を知らなかった。報道された以上のことは知らなかった。今どこでどうしているか知らなかった。知ろうと試みたこともなかった。

わたしの物語のなかの彼は特別な存在だったけれど、それは彼が現実のなかで犠牲者であり、事件を起こしたことで正義を行使する者となったからだ。法廷で裁かれ、治療を受け訓練を受け教育し直されて、社会復帰した少年Aになど、わたしは用がなかった。正義を行いながら〈改心〉し〈更生〉した元少年Aになど、用はなかった。

用がないと思い込んでいたのに。

しかし、柴野和己は〈黒き救世主〉を見た。

祈りは届いた。物語は成就《じょうじゅ》したのだ。

「鉄槌のユダは、何か根拠があって『これは御業だ』と指さしてきたわけじゃないの」

現実の事件に、虐げられし者と悪魔の下僕の物語を、勝手に当てはめていただけだ。

「それらしく見えない事件は避けて、適当に選んでいただけ。だってそうでしょう？　いくら自分が調査した案件の成り行きが不満でも、それをネットに書き込むわけにはいかない。わたしはあのサイトに、現実的な機能を求めてたわけじゃない。ただ空想を語ってストレスを解消していただけ」

柴野和己の顔は陰になっている。太陽は彼の背中側にある。なのにどうして彼は目を細め、眩《まぶ》しいものを見るようにわたしを見るのだろうか。

「だけど、一月十九日の立体駐車場の転落事故だけは、違った」

わたしはしゃがみこみ、彼が足元に落としたままのファイルを拾い上げると、窓越しに助手席のシートの上に投げ入れた。

「調査報告書、どっちも詳しかったでしょう。昨日や今日、大急ぎで作ったものじゃないからよ」

母親殺しの方は、御業であるかどうか確かめたかったから、すぐに調べたのだ。柴野和己が〈黒き救世主〉を見た以上、もう本物の御業でないものは必要ない。だから、女子中学生の行状がわかると、子羊たちに示すこともなかったのだ。

「立体駐車場の事故の方は、遺族——正確に言うなら死んだ会社員の妻は、わたしの依頼人だった」

彼女がわたしの事務所を訪れたのは、去年の夏の盛りのことである。

——夫が、娘におかしなことをしているらしいんです。

娘が心身両面でバランスをくずし、学校にも通えなくなっている。激しい摂食障害を起こし、いつも何かに怯《おび》えている。

——このあいだ、やっと少しだけ話してくれて、そしたら夫が……お父さんが嫌らしいことをするって泣き出して。

信じられないと、彼女は言った。娘の頭がおかしくなっているのではないかと言った。

——こういうことって、調べてもらえるんでしょうか。娘の話が本当なのかどうか、知りたいんです。わたしには何もできないから。

何もできない彼女に代わり、わたしは調べた。被害者である娘にも会った。時間をかけ心を尽くして彼女の口を開かせた。

それでも、充分に整合性のある供述と、医療機関の診断書を添えた調査報告書を前にして、娘の母親は言ったのだ。やっぱり、まだ信じられないと。

——もう結構です。

家庭内のことだから、家庭内で解決する。誰か別の人間が犯人なのかもしれない。もしかしたら、うちの娘はあなたのような調査員まで騙してしまうくらい根深い嘘をこしらえて、自分自身をも騙しているのかもしれない。

わたしが反論すると、彼女は怒った。彼女の家庭を壊さないでくれと泣いた。あんたなんかにそんな権利はない、と。

わたしは引き下がるしかなかった。ただの調査員だから。守秘義務に縛られて、仕事をしていただけの調査員だから。諦められなくても引き下がるしかなかった。

「だから転落事故が起きて、あの男が死んだとき」

「鉄槌のユダ」は、ほとんど信じかけてしまった。これこそ御業じゃないか。わたしの騙りが真実に昇華したのではないかと。

「だけど、所詮はただの偶然だろうとも思ってた。世の中、捨てたもんじゃない。偶然が正義を行うこともあるってね」

我が娘に手を出すほど深く混《こん》乱し、精神のバランスを失っている男が、たまたまアクセルとブレーキを踏み違えたとしても不思議はない。

「でも、寺嶋さんが現れた。ここに来て、あなたのことを話してくれた。それで全てが変わってしまった」

わたしは柴野和己に微笑《ほほえ》みかけようとして、できなかった。尊いものに笑いかけるなど、不遜《ふそん》なことではないか。

「一月十九日にあの立体駐車場で、どうして初めて〈御業〉が行われたかわかる？」

あなたが、あのサイトを見たからだ。

「あなたが〈黒き救世主〉を知り、〈黒き子羊たち〉を知ったからよ」

物語が完成したからだ。

子羊たちの声が救世主に届いたからだ。

そして神が誕生したからだ。

「正しく、あなたは救世主になった」

そしてわたしは預言者になったのだ。

「あなたがあそこで見たものは、神よ」

あなたが生んだ神なのだと、わたしは柴野和己に言った。

「間違ってる」と、彼は言った。陰になった顔のなかで、目がいっぱいに見開かれていた。

「あんたこそ、頭がおかしいんだ」

「どうして？　あなたは見たんでしょう。あなたの顔をした神を」

救世主の前に姿を顕《あらわ》した神の姿を。

「初めに言葉があった」と、わたしは言った。「それなら、言葉が神を生み出すこともできる」

かつて人間は信じていた。神が世界を創ったと。だがあるとき宣言した。神は死んだと。

そして世界と人間だけがあるのだと。

神が死ぬものであるならば、また生まれることだってある。神のいない世界に、人間が神を生み出すのだ。今や言葉という〈情報〉で象《かたど》られる世界に、〈情報〉によって創られた神を。

地上を生きる我らの身の丈にふさわしい、新たな神を。

わたしは彼に一歩近づき、彼はわたしから退いた。一歩、二歩、三歩。よろめくように、わたしのおんぼろカローラに手をついて身体を支えながら。

「あんた、おかしいよ。そんなことがあるわけない」

「あるの」と、わたしは言った。「あるのよ。これからも御業は起こる。あなたが何と言おうと、何をしようと」

既に救世主と預言者の役目は終わった。神が地上に顕れたなら、我々はもうそれを仰ぐだけでいいのだ。

「教えて」

わたしは柴野和己に手を差し伸べた。請うように手を伸ばした。

「あなたが見た神は、どんな姿だった？　あなたの顔をして、あなたの目で、どんなふうにあなたを見たの？」

わたしは「鉄槌のユダ」。救世主の姿を見ることができる。だが神の姿を見ることができるのは、救世主ただ一人。

「教えてちょうだい」

柴野和己はさっきと同じように目を細めた。そしてわたしの手を見た。眩しいものではなく、おぞましいものを見るように。

「間違ってる」

もう一度そう言って、彼は横様にわたしの手を払った。そして背を向けて逃げ出した。走って逃げた。温かな陽射しの下を、穏やかな休日の町を、わたしの救世主はわたしから逃げてゆく。

誰も神からは逃れられない。

わたしは静謐《せいひつ》な歓喜に満たされていた。

あなたは見るだろうか。いつ見ることになるのだろうか。新しき神、わたしを預言者にした、柴野和己の顔をした神を。

昨日、寺嶋氏が事務所に来た。ただ歩いてきたのでもなく、ただ走ってきたのでもない。彼は逆上して事務所に飛び込んできた。

和己が死んだと、彼は叫んだ。

「社員旅行に行った先で、駅のホームから電車に飛び込んだんだ！」

彼は父親に遺書を残していた。

――父さん、悲しまないで。

僕はあれを見た。否定できない。あの化け物を見た。幻覚なんかじゃなかった。

あれからまた一件、家庭内殺人事件が起きている。彼はその現場に足を運んでいた。

――そこでも見た。やっぱりあれを見た。

黒き子羊のもとを訪れる神を見たと、柴野和己は父親に書き残していた。御業だ。御業が行われている。

——あれは僕だ。だから決心したんだよ。どうしてもやらなくちゃいけないんだ。僕は、あれとひとつにならなきゃいけない。

僕が死ねば、あれとひとつになれる。この身体を捨てれば、あれのもとに行ける。

——僕があれになれば、あれはきっと、みんなの目に見えるようになる。あれは僕だから。僕の一部で、僕の全部だから。僕の罪で、僕の正義だから。

——そしたら父さん、みんなであれを止めることができる。あれが御業を続ける前に。

「あんた、いったい和己に何をしたんだ。俺の息子に何をした？　何を言ったんだ。何を見せたんだ」

寺嶋氏がつかみかかってきた。揉《も》み合ううちに、わたしたちは事務所の壁にぶつかり、椅子《いす》を倒した。傘立てがわりの備前焼の壺も倒れて、派手な音をたてて割れた。わたしはその破片の上に倒れ込んだ。

そのとき、見た。

寺嶋氏はドアを閉めることさえ忘れていた。壺の破片は廊下にまで飛び出していた。

そのひとつを、ゆっくりとまたたき、底光りしながら千変万化する輝かしいものが、ゆっくりと踏みしめた。

音はしない。重さがあるようにも見えない。ただそれはそこにいる。ゆっくりと一歩ずつ、この事務所に歩み入る。

わたしの目の前に顕れる。

無数の光のかたまり。人の形をしていながら人ではない。ふくらんだりしぼんだりするその輪郭《りんかく》も、ほのかな明滅を繰り返している。

微細な光の断片がつくりあげる、人の形。そのなかに、乱舞する光の断片と同じくらい無数の、人間たちの顔が見えた。

犠牲者なのかもしれない。加害者なのかもしれない。子羊たちなのかもしれない。大人も子供も、男も女も。

彼らの目。彼らの口。声は聞こえない。何も訴えかけてはこない。ただそこにあってうごめき、表面に現れたかと思えば退き、また浮かび上がってきては消えてゆく。

そのなかに、わたしは十四歳の柴野和己の顔を見た。彼が立体駐車場を仰いで見つけた顔を見た。彼が化け物と呼んだ顔を見た。

それを押しのけるようにして、わたしが知っている、わたしを否定した、大人になった柴野和己の顔が現れた。

彼は神のなかにいる。

和己——と、寺嶋氏が呻《うめ》いた。床にへたりこんだ彼は、輝かしく明滅する光の塊へ、人びとの顔へと手を差し伸べた。かき抱こうとするかのように。

わたしも手を伸ばした。

神もわたしに手を伸ばした。

手が触れ合った。わたしという人の手と、神の手が触れ合った。

「和己！」

寺嶋氏が絶叫し、光のかたまりへと突進した。彼はそれを突き抜けた。百万の光が飛散した。人びとの顔がかき消えた。

降臨は一瞬で終わった。あとには、和己の名を呼び続ける寺嶋氏の嗚咽《おえつ》だけが残った。


あなたは見るだろうか。いつか見ることができるだろうか。新しき神を。あの無数の光と人びとの顔を。

あれからわたしは考えている。ずっと、ずっと考えている。

わたしはユダ、鉄槌のユダだ。神の到来を待ち、神の言葉を託された預言者だ。

だがあのとき、わたしの手に触れて、神はわたしにこう宣《のたま》った。わたしは神の声を聞いた。

——間違っている。

わたしは預言者なのだろうか。わたしは罪人なのだろうか。言葉が神を創れるのならば、人が神を創れるのならば、人が神を倒すこともできるのだろうか。神の間違いを、救世主が正すこともあるのだろうか。

もしも柴野和己があの神を否定するのならば、わたしはわたしを預言者にした神を守らねばならない。それには、神と戦わねばならない。神と柴野和己はひとつなのだから。

わたしは鉄槌のユダだ。それとも裏切り者のユダなのだろうか。

神に触れたわたしの掌《てのひら》には、血の色をした痣《あざ》がある。

これは罪人の烙印《らくいん》だろうか?

いや違う。わたしは信じる。わたしは預言者だ。わたしの神の預言者だ。

我が神よ、わたしは信じる。この手の血の印《しるし》は、聖痕《せいこん》なのだと。

解説

大森《おおもり》 望《のぞみ》（評論家）

贅沢と言えば、これほど贅沢な一冊もなかなかない。

本書は、一九九九年から二〇一〇年にかけて発表された五つの中短編を収録する、著者自選の宮部みゆき作品集である。いずれも、これまで個人短編集に未収録だった作品で、中には十二年前に書かれた〝直木賞受賞第一作〟まで入っている。それがいきなり文庫本で読めてしまうのだから、光文社も太っ腹。宮部みゆきの著書としては、書き下ろし長編『R．P．G．』以来、十年ぶり二冊目の文庫オリジナルということになる。

それだけでなく、ばらばらの中短編を集めた作品集という点でも、本書はきわめて希少価値が高い。宮部みゆきの著書は、重複を除いて、現在（二〇一一年七月）までに四十七冊を数える。そのうち約半数が広い意味での（連作を含む）短編集だから、〝宮部みゆきは短編作家である〟と言っても過言ではないくらいだが、最初から単行本化を前提に作品を発表するケースが多いためか、独立した短編は非常に少ない。連作ではない短編集となると、〈オール讀物〉発表の五編に〈小説新潮〉初出の二編を加えた『人質カノン』（一九九六年刊）以来、これが十五年ぶり六冊目ということになる。

本書収録の五編すべて初出媒体が違っていること（書き下ろしアンソロジー初出が三編と小説誌初出が二編）、発表時期が十年余の長いスパンに及ぶこと、文庫オリジナルであることなど、どれをとっても異例ずくめの一冊だ。

では、いままでどこにも入っていなかった短編を寄せ集めて文庫化した落ち穂拾いのお徳用パックかというと、見てのとおり、ぜんぜんそんなことはありません。本書は、超常現象を題材にした、一種のホラー&ファンタジー小説集。なんらかの超自然的な要素を含む、すこし・ふしぎ系の中短編が集められ、まるでコンセプト・アルバムのような統一感のある構成になっている。こういうタイプの短編集が編まれるのは、一九九二年に出た初期作品集『とり残されて』（文春文庫）以来二冊目だが、本書は、宮部みゆきのその後の作家的成長を一望できる一冊ともなっている。

以下、収録作それぞれについて、著者インタビューの内容を中心に、作品の背景を紹介する。

■雪娘（「雪ン子」改題）
初出『雪女のキス　異形コレクション綺賓館Ⅱ』（井上雅彦監修／カッパ・ノベルス）２０００年12月

初出媒体の〈異形コレクション綺賓館〉シリーズは、〈異形コレクション〉（次頁参照）からスピンオフしたノベルス版のテーマ別ホラー・アンソロジー叢書。名作再録＋新作書き下ろしの二部構成が特徴で、第二巻にあたる『雪女のキス』は、小泉八雲「雪おんな」や岡本綺堂「妖婆」、山田風太郎「雪女」、皆川博子「雪女郎」など、雪女を描いた過去の名作群を集める〝スタンダード〟編の十一編と、菊地秀行、菅浩江などによる書き下ろしの新作を集める〝オリジナル〟編の十一編、合計二十二編を収録している。

本編は、〝雪女〟というお題から、宮部みゆきが紡ぎ出した美しくも悲しいゴースト・ストーリー。初出時は「雪ン子」という題名だったが、本書収録を機に「雪娘」と改題された。

このタイプの幽霊譚には先行作品があるんです。イギリスのすごく古典的な怪談で、創元推理文庫の『怪奇小説傑作集』にも入っている有名なゴースト・ストーリーなんですけど、それを現代でやりたいなと思ったんです。もとの作品が持ってる構造に、友だち同士の焼きもちが重大な結果を招くというモチーフと、あと、同窓会でひさしぶりに集まったときの意外な反応みたいなものを入れて。

うちの実家のすぐ近所に、タクシーメーター検査場があるんですよ。雪の日に、こっちに検査場があって検査待ちの空車が止まってて、こっちに赤提灯の出てる居酒屋がある。ああ、いい景色だな、いつか使いたいなと思ってたんで、それをほとんどそのまま書きました。だから、幽霊以外はほとんど実話怪談（笑）。二日間ぐらいで一気に書いちゃったんじゃないかな。それでお渡ししたら、井上雅彦さんがとても喜んでくださって、嬉しかった。『異形コレクション』にもずっと参加したいと思っていましたし。

■オモチャ

初出『玩具館　異形コレクション』（井上雅彦監修／光文社文庫）2001年9月

〈異形コレクション〉は、作家・井上雅彦が監修をつとめる、オール書き下ろしの文庫オリジナル短編競作アンソロジー・シリーズ。一九九八年一月に出た『ラヴ・フリーク』を皮切りに、廣済堂文庫から十五冊を刊行。第十六巻の『帰還』から光文社文庫に移り、二〇一一年七月現在までに合計四十七冊を出している。各巻ごとにテーマを設定し、そのテーマに合わせた新作短編を競作するのが特徴。本編が書き下ろされた第二十巻の『玩具館』は、おもちゃをテーマにした短編二十五編が寄せられている。

本編「オモチャ」は、古き良き商店街を舞台にした、おもちゃ屋にまつわるゴースト・ストーリー。商店街の角にある玩具店のおばあちゃんが亡くなって二カ月。店の二階に幽霊の姿が見えるという噂が広がりはじめる……。

これ、今回の短編集からはずすことにしてたんです。〝噂と幽霊〟というモチーフは「いしまくら」といっしょだし、オチは「雪娘」とかぶるような気がして……。

でも、あらためて読み直してみると、ゴースト・ストーリーとしては、「雪娘」とはまた違うタイプに分類できることに気がついて。玩具と子供の話という意味では次の「チヨ子」ともうまくつながるし、「いしまくら」とは小説のタイプが対照的だから、この中に入れたほうがいいんじゃないかと、ギリギリになって思い直しました。

（小説の舞台となる商店街は）ときどき散歩していた（江東区の）高橋《たかばし》商店街のイメージですね。シャッター商店街というわけじゃないんですけど、いっとき、ちょっとさびしくなったことがあって。おもちゃ屋さんは、子供のころ、実家の近くの商店街に一軒ありました。ふだん前を通ってても、店の中に入れるのは、お誕生日とか、イベント的なことがあるときだけで……。なんとなく甘酸っぱい思い出のある場所です。

■チヨ子
初出〈小説すばる〉2004年1月号
日本文藝家協会編『短篇ベストコレクション 現代の小説2005』（徳間文庫）に収録

大沢オフィスが主催する大沢在昌・京極夏彦・宮部みゆき自作朗読会の第二回、「リーディングカンパニーｖｏｌ．２」のために書き下ろされた短編。二〇〇三年十一月十五日、東京都練馬区光が丘のＩＭＡホールで朗読された。

これはね、とにかく着ぐるみが着たかった！　着ぐるみを着て朗読をやりたかったんです。というのは、わたし、すごく気が小さくて、素のままの姿で人前に出ていって朗読とかって、ちょっと嫌だったんですよ。だから、なにかコスプレをしたい。で、この朗読会では基本的にコスプレできるものを読むことにしてて、魔女の格好したり、メイドもやりましたし、マペットを使ったこともあります。京極さんの『絡新婦の理』を読むときには、女学生の格好をしました。

だから、今度はともかく着ぐるみを着たいと。それには着ぐるみが出てくる小説を書けばいいんだと。それだけでした（笑）。

あとは、どうやって着ぐるみを出

大沢オフィス主催朗読会「リーディングカンパニー vol.2」で「チヨ子」を読む宮部氏

「着ぐるみを着て朗読をやりたかった」と宮部氏

せばいいか。あるとき、ふっと（この小説のアイデアを）思いついた。わたし、もう三十一年間も一緒に住んでるぬいぐるみがいまして、それが（作中に出てくる）あのウサギのぬいぐるみなんです。高田馬場のビッグボックス前で、「キズもの、難あり」のぬいぐるみ、一個百円均一でワゴンで売ってたんです。十九歳のときそれを買って、以来三十一年間ずーっと持ってる。つい最近まで仕事机の上にそれを載せて書いてたので、もしかしてわたしじゃなくてこれが書いてるのかもしれないって言ってたくらいで（笑）。

〝チヨ子〟って、わたしが小学生の時にガンで亡くなった伯母の名前なんです。「チヨ子おばさん、チヨ子おばさん」と呼んでたんですけど、初めて朗読会やるとき、プロの人にメイクをしてもらって鏡を見たら、「あらー、あたし、死んだチヨ子おばさんそっくりだ」って。似てたんです。それで、このお話にも、チヨ子というタイトルがふさわしいかなと思ったんです。

■いしまくら

初出〈別冊文藝春秋〉1999年春号

日本推理作家協会編『日本ベストミステリー選集33事件現場に行こう』（光文社文庫）に収録

本編は、宮部みゆきの記念すべき〝直木賞受賞第一作〟にあたる。著者が『理由』で第一二〇回直木賞を受賞したのは一九九九年一月のこと。それ以前に、『龍は眠る』『返事はいらない』『火車』『蒲生邸事件』『人質カノン』で五度候補になっていたが、いずれも落選。受賞は六度目の正直だった。

この当時は、直木賞を獲ると、受賞後最初の短編を〈別冊文藝春秋〉に寄稿する習わし。取材や仕事が殺到するさなかに新作を書かなければならないので、ふつうはたいへんな難行苦行となるが、宮部さんの場合はそうでもなかったらしい。

暇だったんです（笑）。なにしろ、（同じ回の）芥川賞が平野啓一郎さんだったんですよ。三島（由紀夫）以来の学生受賞。大フィーバーでした。わたしのほうは（初候補から）九年がかりだったもので、もう皆さん、取材する必要はない。当日の記者会見で、「ホッとしました。ありがとうございました」と言っただけでぜんぶ済んじゃった。大沢オフィスも、うちも、リンとも電話が鳴らない（笑）。つきあいの長い担当さんたちはみんな、忙しいだろうなと思って、なるべく電話しないようにしてくれてたみたいで。

それが続くとだんだん寂しくなってきて、「わたし、誰にもかまってもらえないね」と(笑)。

だから、十五日に受賞が決まってすぐ、「いしまくら」を書き始めて、四日ぐらいで書いちゃったのかしら。書き終わってお渡しして、じゃ、ゲラが出るまでのあいだ温泉行ってきます、みたいな感じで。しばらく前から書きたいと思ってたネタだったから、腰を据えて書けて、うれしかったんですけど。

その「いしまくら」は、都市伝説が題材。ジャン・ハロルド・ブルンヴァンの『消えるヒッチハイカー　都市の想像力のアメリカ』が話題を集めた頃から、著者はこのテーマに興味を持ち、いつか書いてみたいと思っていたという。しかし、本編の直接の出発点は意外なところにあった。

自転車に二人乗りしてラブホテルに行くという話をね、友だちに聞いたんですよ。高校時代の友だちが「直木賞おめでとう」ってお祝いを持ってきてくれて、「忙しいでしょ?」「ううん、わたしいま、ぜんぜんヒマ」「じゃ、お昼でも食べよう」って、仲のいい友だちと女三人でお昼食べてお茶飲んで、午後三時ぐらいまでダべってるときに。「それ、すごくいい話だから書いていい?」って許可もらって、それで書いたんです。

恋仲の二人が自転車に二人乗りしてラブホテルに行く。なんて素敵だろうと思ったから。だって、楽しいと思いません？　わたし、自転車二人乗り幻想があるんですよ。自分では、彼氏に自転車のうしろに乗っけてもらった経験が一回もなくて、すごく残念だったなと思ってて（笑）。

■聖痕
初出『ＮＯＶＡ２　書き下ろし日本ＳＦコレクション』（大森望責任編集／河出文庫）２０１０年７月

本書を締めくくるのは、長編並みのずっしり重いインパクトを誇る、四百字詰原稿用紙にして約百五十枚の中編。

語り手の〝わたし〟は、子供の関係する事件を専門とする女性調査員。十四歳の少年がナイフで親を殺し学校にたてこもった十二年前の事件にからみ、奇妙な依頼を受ける……。

初出媒体の『ＮＯＶＡ』は、大森が編集を担当する、オール新作のＳＦ短編アンソロジー。宮部さんからは、「スクランブル・スーツが出てくる話を書きます！」と聞いていたので、この小説が送られてきたときは意表をつかれました。ちなみにスクランブル・スーツとは、フィリップ・Ｋ・ディックのＳＦ長編『スキャナー・ダークリー』に登場するガジェット。キアヌ・リーヴス主演で映画化されたから、そちらでご記憶の方もいるだろう。数秒ごとに別人の顔かたちを映し出し、身元の特定を不可能にする、潜入捜査官用の特殊スーツ。まさかそのイメージがこんなふうに使われるとは……。

　その「聖痕」のテーマは、神。


わたしはあまりロジカルにものを考えてないですし、もちろん歴史学とか神学とか勉強してるわけじゃないんですけども、子供の頃から、台所の神様にトイレの神様、神様はいっぱいいると思って育ってきたので。大人になって、それはアニミズムといって非常に原始的なんだと知ったら、なんなんだろうって、それなりに考えるものがあって。で、ファンタジーものを書きはじめてから、一神教のいいところと怖いところを、自分の作品の中にある程度盛り込んでいけないかなと考えるようになったんです。ファンタジーを書くときって、世界を作らなきゃならないし、世界を作るとどうしても宗教を作らなきゃならなくなるので。

　そうなったとき、神って人間にとってどういう存在なんだろうって思うし、一方で時代ものを書いてると、しばしば〝仏とはなにか〟ってことと向き合わなきゃならなくなるんですよね。もちろん、八百万《やおよろず》の神様も日本人の死生観には大切なんですけど、仏様も同時にそれと同じぐらい大きい存在で、御仏はいずこにおわすのかという問題は、時代小説を書いてるとかならずぶつかる。時代ものと現代もの両方書いてて、こっちで神様、こっちで仏様のことを考えていることが、ファンタジーを書くときは両方生きる、みたいな。

『英雄の書』を書いたとき、心理学者の小西聖子先生が、これは仏教的な世界観のファンタジーだと、ある書評で書いてくださったんです。ストーリー展開にゴツゴツした部分があるのも、もともと西洋的な一神教の価値観で書かれるファンタジーを仏教的に描いたからじゃないか、と。ぜんぜん意識してなかったんだけど、目の前がパッと開けるような気がしました。ああ、そうかと。救いのない話で、これでずいぶん読者減るだろうなと思ったんです。が、書かずにいられなかった。なんの志もなく、なにも難しいことを考えず、すごくいい編集者さんや先輩に恵まれて、楽しい楽しいってここまで来たわたしが、初めて自覚的に、一度自分をきちっと清算しておかなきゃと思って書いたのが『英雄の書』だったんです。

――「聖痕」を最初に読んだとき、『英雄の書』とつながってる気がしました。

つながってますよね、明らかに。自分でも書いててそう思いました。

――「聖痕」も、ある意味で『英雄の書』と同じぐらい凄まじい話だし、たいへんな問題作だと思います。この小説で描かれる〝神〟は、たぶん前例がないんじゃないかと……。

心配されそうですよね。「大丈夫かな、宮部さん」って（笑）。

今回、この「聖痕」を書いたことで、やっぱりSFもやりたいという気持ちがまた出てきました。わたし、いろんなものをガツガツと書きたがる人なんですけど、実はネタはそんなに違ったものじゃなくて、現代もので書いてたネタの方向を変えて時代もので書いたり、これは現代もので書くとあまりに生々しいから時代ものに持っていこうとか、時代ものでも現代ものでも難しいからファンタジーで書けばいいんじゃないかとか。百均のお店で置き場所を変えるみたいな、そういうことをしながら書くのが楽しい。そんな中で、SFって、わたしには敷居が高くて、なのに運よく日本SF大賞をいただいてしまって申し訳ありません、みたいな引け目がずーっとあったんだけど、でも、SFも好きですし、自分の持ってるネタをこう書けばいいのかという置き場所のひとつになることが今回わかったというか。しばらく逃げまわってばっかりいたんですけど、またやりたいなと思いました。

以上、短編の名手・宮部みゆきが過去十二年のあいだに発表してきた五編。短編ならではの切れ味をじっくりお楽しみください。

本文写真提供／大沢オフィス

【初出一覧】

雪　娘…………「雪女のキス　異形コレクション綺賓館II」収録「雪ン子」改題／二〇〇〇年一二月　カッパ・ノベルス（光文社）刊

オモチャ………「玩具館　異形コレクション」／二〇〇一年九月　光文社文庫刊

チヨ子…………「小説すばる」（集英社）／二〇〇四年一月号

いしまくら……「別冊文藝春秋」（文藝春秋）／一九九九年春号

聖　痕…………「ＮＯＶＡ２」（河出書房新社）／二〇一〇年七月　河出文庫刊

光文社文庫

チヨ子《こ》

著者　宮《みや》部《べ》みゆき

2011年7月20日　初版1刷発行
2011年8月15日　3刷発行

発行者　駒井稔
印刷　萩原印刷
製本　ナショナル製本

発行所　株式会社光文社
〒112-8011　東京都文京区音羽1-16-6
電話（03）5395-8149　編集部
8113　書籍販売部
8125　業務部

ISBN978-4-334-74969-9　Printed in Japan

組版　萩原印刷

お願い　光文社文庫をお読みになって、いかがでございましたか。「読後の感想」を編集部あてに、ぜひお送りください。
　このほか光文社文庫では、どんな本をお読みになりましたか。これから、どういう本をご希望ですか。どの本も、誤植がないようつとめていますが、もしお気づきの点がございましたら、お教えください。ご職業、ご年齢などもお書きそえいただければ幸いです。当社の規定により本来の目的以外に使用せず、大切に扱わせていただきます。

光文社文庫編集部

松本清張短編全集 全11巻

生誕百年記念

「清張文学」の精髄がここにある!

01 西郷札
西郷札　くるま宿　或る「小倉日記」伝　火の記憶
啾々吟　戦国権謀　白梅の香　情死傍観

02 青のある断層
青のある断層　赤いくじ　権妻　梟示抄　酒井の刃傷
面貌　山師　特技

03 張込み
張込み　腹中の敵　菊枕　断碑　石の骨　父系の指
五十四万石の嘘　佐渡流人行

04 殺意
殺意　白い闇　蓆　箱根心中　疵　通訳　柳生一族　笛壺

05 声
声　顔　恋情　栄落不測　尊厳　陰謀将軍

06 青春の彷徨
喪失　市長死す　青春の彷徨　弱味　ひとりの武将
捜査圏外の条件　地方紙を買う女　廃物　運慶

07 鬼畜
なぜ「星図」が開いていたか　反射　破談変異　点
甲府在番　怖妻の棺　鬼畜

08 遠くからの声
遠くからの声　カルネアデスの舟板　左の腕　いびき
一年半待て　写楽　秀頼走路　恐喝者

09 誤差
装飾評伝　氷雨　誤差　紙の牙　発作
真贋の森　千利休

10 空白の意匠
空白の意匠　潜在光景　剥製　駅路　厭戦
支払い過ぎた縁談　愛と空白の共謀　老春

11 共犯者
共犯者　部分　小さな旅館　鴉　万葉翡翠　偶数
距離の女囚　典雅な姉弟

光文社文庫

読み継がれる名著

〈食〉の名著

吉田健一　酒肴酒

開高健　最後の晩餐

開高健　新しい天体

色川武大　喰いたい放題

杉浦明平　カワハギの肝《きも》

勝見洋一　怖ろしい味

勝見洋一　匂い立つ美味《もうひとつ》

沢村貞子　わたしの台所

八代目坂東三津五郎　八代目坂東三津五郎の食い放題

数学者の綴る人生

岡潔　春宵十話

遠山啓　文化としての数学

広中平祐　可変思考

名写真家エッセイ集

森山大道　遠野物語

荒木経惟　写真への旅

吉本隆明 思想の真髄

吉本隆明　カール・マルクス

吉本隆明　初期ノート

吉本隆明　読書の方法　なにを、どう読むか

吉本隆明　辺見庸　夜と女と毛沢東

光文社文庫

ホラー小説傑作群

＊文庫書下ろし作品

井上雅彦
燦《きら》めく闇

大石 圭
死人《しびと》を恋《こ》う＊
水底《みなそこ》から君を呼ぶ＊
人を殺す、という仕事＊
女奴隷は夢を見ない＊
子犬のように、君を飼う＊
絶望ブランコ＊
60秒の煉獄《れんごく》＊

加門七海
203号室＊
真 理《MARI》＊
オワスレモノ
美しい家
祝《いわい》 山《やま》＊
鳥辺野《とりべの》にて

黒 史郎
ラブ@メール＊

小林泰三
セピア色の凄惨＊

新津きよみ
彼女たちの事情
彼女が恐怖をつれてくる

平山夢明
独白するユニバーサル横メルカトル
ミサイルマン
いま、殺《や》りにゆきます RE-DUX

福澤徹三
亡者《もうじゃ》の家＊

三津田信三
禍《まが》 家《や》＊
凶《きょう》 宅《たく》＊
赫《あか》 眼《まなこ》
災《さい》 園《えん》＊

森 奈津子
シロツメクサ、アカツメクサ

文庫版 異形コレクション 全篇新作書下ろし 井上雅彦監修

帰 還
ロボットの夜
幽霊船
夢 魔
玩具館
マスカレード
恐怖症
キネマ・キネマ
酒の夜語り
獣 人
夏のグランドホテル
教 室
アジアン怪綺《ゴシック》
黒い遊園地
蒐集家《コレクター》
妖 女
異形コレクション讀本
魔地図
オバケヤシキ
アート偏愛《フィリア》
闇電話
進化論
伯爵の血族 紅ノ章
心霊理論
ひとにぎりの異形
未来妖怪
京都宵
幻想探偵
怪物團
喜劇綺劇
憑《ひょう》 依《い》
Fの肖像
江戸迷宮